Schwarzrosa Prosa

Dietrich Neuhaus
Schwarzrosa Prosa
Kurzgeschichten

Bibliographische Information Der Deutschen Bibliothek: Die
Deutsche Bibliothek verzeichnet diese Publikation in der Deutschen
Nationalbibliographie; detaillierte bibliographische Daten sind im
Internet über http://dnb.ddb.de abrufbar.

Herstellung und Verlag:
Books on Demand GmbH, Norderstedt

ISBN 3-8334-1008-6

Inhalt

Geschichten vom Hörensagen

Der Magier, dem nichts unmöglich war

In seinem alten, etwas hinfälligen Ohrensessel fühlte sich Werner Gutzke am wohlsten. Jedenfalls an den Tagen, an denen ihn nicht die dummen Gedanken plagten. Was er die dummen Gedanken nannte, waren eigentlich eher traurige Gefühle, Anwandlungen tiefer Niedergeschlagenheit – so, als säße er vor einer dunklen Wand, hielte den Blick starr darauf gerichtet und könne sich unmöglich umdrehen, nicht mal ein paar Zentimeter den Kopf wenden. Starr. Starren – das Dunkel anstarren!

Aber heute nicht! Heute konnte Werner Gutzke von seinem schäbigen Lieblingsplatz aus frei herumschauen in seiner guten Stube. Freilich, die war nur das etwas größere Zimmer des Appartements 406 im Seniorenheim "Frieden". Im kleineren Zimmer lagerte seine Frau Annaluise, hingebreitet auf eine Chaiselongue, die ebenfalls schon bessere Zeiten gesehen hatte. Dort ruhte sie jeden Tag, viele Stunden lang, die Frau, mit der Werner Gutzke seit zweiundfünfzig Jahren verheiratet war. Annaluise, immer ganz Dame geblieben, trug einen ehemals eleganten Hausanzug, mit Strass besetzt, und etwas zu auffällige Ringe an schmalen, eher schon mageren Fingern. Wie immer schaute sie aus dem Fenster. Sie kannte den Ausblick so gut, dass sie ihn nicht mehr wahrnahm. Ihre Gedanken waren ganz woanders.

Die Tür zwischen den beiden Zimmern des Appartements stand ein wenig offen, wie jeden Tag. „Woran denkst du?", rief Werner Gutzke mit etwas knarrender Stimme zur Tür hin. Annaluise hob auf der anderen Seite langsam den Kopf, als ob es ihr schwer fiele, überlegte, woran sie gerade gedacht hatte und antwortete nach etwa einer halben Minute: „An ‚Broadway Melody‘, an das große Finale." – Sie hatte eine schöne volle Stimme, die in seltsamem Kontrast zu ihrem hageren Gesicht stand. Ja, ihre Stimme war immer ihr Kapital gewesen. Keine große Stimme, aber ein ungemein gefälliger Sopran mit leuchtenden Höhen und warmen Tiefen. – „Und du, woran denkst du?"

Schräg vor Werner Gutzkes Ohrensessel stand ein breiter Tisch, viel zu massig für das Zimmer. Früher war das ihr Esstisch gewesen, groß genug für acht Gäste. Aber jetzt hatten sie ja die Gemeinschaftsverpflegung im Seniorenheim „Frieden". Gutzke deutete auf ein gerahmtes Foto, das auf dem Tisch stand, obwohl seine Frau das natürlich nicht sehen konnte. „Ich dachte gerade an den großen Bertini, weißt du noch? In Las Vegas, im Star Palace. Der hätte heute Geburtstag." – Bertini, bis heute der einzige Jongleur der Welt, der mit acht Bällen oder Ringen gleichzeitig arbeiten konnte, und das auf einer rotierenden Plattform! Axel Kowalski, so hatte er mit bürgerlichem Namen geheißen, war schon elf Jahre tot. Aber er, Werner Gutzke, lebte noch, war gerade sechsundsiebzig geworden. Trotz der Krankheit.

„War das nicht der Verwandlungskünstler mit den achthundert Kostümen?", erklang es volltönend durch den Türspalt. – Gutzke schüttelte den Kopf. Für Kostüme hatten die Frauen ein fabelhaftes Gedächtnis! Aber sonst – sonst kam bei Annaluise manchmal schon etwas durcheinander. Sie ist eben sechs Jahre älter als ich, dachte er. „Nein, der hieß – der hieß ganz anders." Der Name fiel ihm leider gerade nicht ein.

Dann betrachtete er das Bild des großen Bertini. Dessen Foto war eines von ungefähr sechzig, die – in silbernen, goldenen, perlmutternen Rahmen – alle auf dem riesigen Esstisch standen, zum Teil mit künstlichen Blumen, Seidenschleifen oder vergilbten Zeitungsnotizen bestückt. Dutzende von Fotos – Gutzkes ganze Vergangenheit. Sein Leben.

Wer den Blick über diese Galerie schweifen ließ, hatte eine ganze Epoche vor Augen: die große Zeit des Varietés, der Bühnen-Revuen, der Riesen-Zirkusse und der berühmten Tanzfilme. Das Foto des großen Bertini trug einen schwarzen Trauerflor, seit elf Jahren.

Werner Gutzke war ein wenig eingenickt. Das passierte ihm jetzt öfter. Meist geschah es nur für wenige Minuten. Das sagte ihm die kleine Uhr mit den silbernen Rosen, die auf einem Jugendstil-Tischchen stand, neben der Lampe mit dem bronzenen Engel. Als er die Augen wieder aufschlug, griff er nach der etwas scharfkantigen Rosen-Verzierung. Es fiel ihm schwer, die kleine Uhr mit seiner linken Hand zu greifen. Er konzentrierte sich, wie bei der Arbeit. So ging es. „Viertel vor Zwölf", rief er zum Türspalt hin. „Heute gibt es Königsberger Klopse."

Die letzten Minuten, bevor er aufstehen und sich für die Mittagsmahlzeit im Haus „Frieden" zurechtmachen musste, widmete er seinen Plakaten. Rechts und links vom Fenster, über dem Bett, sogar an der Schräge, vor der der große Tisch stand – überall hingen rührend altmodische Plakate, meist rahmenlos unter Glas, einige aber auch in ziselierten Silberrahmen. Oft waren Zeitungsüberschriften auf das Glas geklebt, oder es waren kleine Fotos in die Rahmenleisten gesteckt. Von den alten Affichen lachten den Betrachter grellbunte Clownsgesichter an, oder da galoppierten schlanke Amazonen auf feurigen Rössern, ritten Dompteure auf mächtigen Löwen, turnten grazile Dämchen in schwindelnder Höhe über lodernden Flammen.

Neben der Tür zu Annaluises Zimmer hing gar ein Plakat in einem breiten Goldrahmen, wie ein wertvolles Gemälde. Darauf sah man Charlie Chaplin mit Franco Tomelleri, der gerade ein riesiges buntes Tuch aus der Luft griff. Franco Tomelleri, das war er, Werner Gutzke. „DER MAGIER, DEM NICHTS UNMÖGLICH IST", stand über den Köpfen.

Die Uhr schlug mit winzigem Silberstimmchen zwölf Mal. Zeit für die Klopse.

Die Mahlzeiten im Haus „Frieden" waren für das Ehepaar Gutzke nicht etwa banale Abfütterungen, sondern – Auftritte. Nicht so wie früher natürlich, aber immerhin: Man zeigt sich der Menge.

Werner zog seine Brokatweste über; Annaluise erschien hochhackig beschuht und mit einer Fransenstola. So gingen – nein: schritten sie zum Aufzug, fuhren in das Untergeschoss und betraten, um sich schauend, den neon-erhellten Speiseraum. Beide hatten sich untergehakt. Annaluise hielt unauffällig Werners Hand, was richtig zärtlich aussah. Das Stimmengewirr ringsherum wurde leiser, die Köpfe hoben sich, und hundert Blicke sahen neidisch zu den Witwen Scholl und Wagner hinüber, an deren Tisch das „Künstler-Ehepaar", wie man die Gutzkes nannte, nun harmonisch Platz nahm: Nachdem sich Franco Tomelleri artig vor den beiden Witwen verbeugt hatte, zog er Annaluises Stuhl ein wenig zurück, schob ihn, während sie sich graziös niederließ, wieder vor und ging dann zu seinem Platz gegenüber. Wenn er ohne fremde Hilfe ging, litt er unter seiner schlechten Haltung:

Vornüber gebeugt, mit etwas tapsigen Schritten, schaffte er die anderthalb Meter – und saß! Seine Hände lagen auf den Oberschenkeln. Zum Glück gab es heute nichts, was man schneiden muss.

***

Zauberkünstler treffen sich regelmäßig, oft mehrmals im Jahr, zu Wettbewerben und Kongressen. Die Funktionäre des Magischen Zirkels, der einschlägigen Künstlervereinigung, laden auch Firmen zu diesen Treffen ein, die mit Zaubertricks handeln und vor den Aktiven der Branche dort ihre Neuheiten präsentieren. Die meisten Teilnehmer kennen einander. So kommt eine sehr gesellige Stimmung auf. Jeden Abend finden kleinere Shows statt, bei denen der Nachwuchs sein Können zeigt. Danach schwatzt und feiert man meist bis in die Nacht. Artisten sind Nachtmenschen und notorische Morgenmuffel.

Laienpublikum ist bei diesen Treffs natürlich strikt ausgeschlossen. Hier plaudert man über neue phantastische Kunststücke, über grandiose Höhepunkte der eigenen Karriere und schlimme Flops armer Kollegen – Interna, die niemanden etwas angehen als die Gleichgesinnten. Ein geschlossenes Milieu also voller exzentrischer Typen aus aller Herren Ländern. Babylonische Sprachverwirrung herrscht an den Tischen und an den Bars. Aber man spricht trotzdem die gleiche Sprache, versteht sich auch ohne Vokabeln.

Den grandiosen Abschluss bildet jedes Mal die Gala der Großen. Das ist ein Wettbewerb in mehreren Sparten, bei dem die Meister des Jahres von der Jury der Altmeister gekürt werden. Da gibt es zum Beispiel die Sparten „Große Illusionen", „Salon-Magie", „Close-up-Zauberei", „Mental-Magie" und „Manipulation".

Auf einem Kongress in Monte Carlo, vor fünfundfünfzig Jahren, war Franco Tomelleri zum ersten Mal Meister in der Sparte Manipulation geworden, Europameister sogar. Dann saß er einige Jahre in der Jury, der jüngste Altmeister aller Zeiten! Mit einem neuen Trick, den keine anderen Hände gemeistert hätten, wurde er schließlich Weltmeister. Das Bravourstück hieß: „Die Vermehrung der Goldmünzen". Im Prinzip ist diese Darbietung bekannt: Aus leeren Händen zaubert der Magier Münzen hervor, immer mehr, lässt sie wieder verschwinden, hält sie zwischen den ausgestreckten Fingern, erst eine, dann zwei, dann drei, dann vier – zeigt dann plötzlich wieder die leere Hand …

Doch Franco führte dieses Zauberkunststück nicht mit den handelsüblichen Trick-Münzen vor, die nur ein paar Gramm wiegen und extra griffig präpariert sind, sondern mit echten Krüger-Rands. Diese Goldmünzen sind viel größer, viel schwerer, viel schlechter zu greifen und zu halten. Für die Fachleute grenzte es an ein Wunder, wie er diese zaubertechnisch unmöglichen Goldstücke – jedes fast vierzig Gramm schwer! – über seinen Handrücken rollen ließ, auf den Fingerspitzen balancierte, in der Handfläche verschwinden ließ, sie einfach „wegrieb" – und zwar nicht weniger als insgesamt acht echte Münzen, die er zum Schluss, nachdem sie alle wieder da waren, von einem Tuch bedeckt, in die Luft warf – weg!! (Ein teurer Spaß, wäre es nicht „nur" ein Trick gewesen!)

***

Die Parkinson'sche Krankheit befällt etwa ein Prozent der Bevölkerung über sechzig Jahre. Die Symptome zeigen sich zu Anfang so schwach, dass sie meist übersehen werden. Dabei kommt es entscheidend auf die Früherkennung an, denn bei rechtzeitiger Behandlung ist das Leiden heute gut beherrschbar. Mit modernen Medikamenten erreichen die Patienten meist ein normales Alter und sind weitgehend beschwerdefrei.

Wird die Diagnose aber zu spät gestellt, kommt es zu stark behindernden Bewegungsstörungen. Am auffälligsten ist das starke Wackeln oder Zittern der Hände und Unterarme. Auch sind viele Bewegungen des Erkrankten verlangsamt und ungenau. Überdies geht er mit leicht gebeugten Knien vornüber geneigt, hält die Arme leicht abgewinkelt und zeigt oft eine gewisse Erstarrung der Mimik.

Daneben kommt es vielfach zu depressiven Verstimmungen und – seltener – zu Konzentrations- und Gedächtnis-Störungen.

***

Werner Gutzke nahm seine Tabletten nie im Speiseraum während der Mahlzeiten ein, sondern immer erst, wenn er mit Annaluise wieder im Appartement war. Allerdings ließ er sich dabei nicht von seiner Frau bedienen, obwohl es dann viel einfacher gewesen wäre. Er stand in der kleinen Küchenecke und nahm sich entschlossen vor, das Wasserglas gut halb zu füllen, ohne etwas zu verschütten. Er dachte laut: „Du bist es gewöhnt, dich auf präzise Bewegungen zu konzentrieren; das ist schließlich dein Beruf." Nach dieser kleinen Autosuggestion gelang es ihm, mit dem Glas Wasser seinen Sessel zu erreichen, ohne dass auch nur ein Tropfen daneben ging.

Dann öffnete er seine Tablettendose. Dabei stieß er zwar gegen die kleine Uhr mit den silbernen Rosen, aber der Deckel fiel diesmal nicht herunter. Nun kam der schwierigste Teil: die beiden Tabletten aus dem Döschen herauszufingern. Mit starrem Gesichtsausdruck und höchster Konzentration griff er in – nein, leider neben die Dose, die nur vier bis fünf Zentimeter groß war. Noch ein Versuch! Er wartete, bis seine schwankende Hand genau über der kleinen Öffnung war und ließ sie dann herabfallen – zu spät. Beim dritten Anlauf klappte es. Er hielt die erste Tablette zwischen den Fingern, führte sie zum Mund, trank von dem Wasser, das gefährlich im Glas hin und her schwappte, schluckte – geschafft!

Nun das andere Medikament. Es gelang ihm auf Anhieb, die Tablette aus der Pillendose heraus zu nehmen. Aber dann fiel sie ihm aus den Fingern und rollte unter den Tisch mit den Fotos aus seiner großen Zeit. Er war sehr unzufrieden mit sich. Annaluise musste kommen und mit ihrem strass-besetzten Hausanzug unter den Tisch kriechen. Leider hatte sie ihre Brille vergessen, die sie – warum bloß? – so gut wie nie aufsetzte. Also noch einmal von vorn! Schließlich steckte sie die kleine Tablette ihrem Werner kurzerhand in den Mund, führte das Wasserglas an seine Lippen und schritt wieder nach nebenan.

Gutzke schämte sich sehr. Wie bei einem Gelähmten, dachte er. Schon spürte er die dummen Gedanken in sich aufsteigen, die traurigen Gefühle. Schon wollte die dunkle Wand vor seinen Augen erscheinen, da beschloss er zu trainieren! So lange zu trainieren und zu trainieren, bis er fit wäre für seinen Auftritt am nächsten Tag!

Ja, der einstige Weltmeister der Manipulation war engagiert, noch einmal sein Können zu zeigen – das erste Engagement seit Jahren – morgen! Witwe Wagner, eine der Tischgenossinnen, hatte ihm den Auftritt vermittelt, wie er es nannte: Ihr Sohn feierte einen runden Geburtstag; pflichtschuldigst war seine alte Mutter dazu eingeladen worden. Es sollte ein hübsches Sommerfest geben im Garten der jungen Wagners, für ein Dutzend Gäste und deren Kinder. Da hatte Oma Wagner ihrem Sohn erzählt, dass sie jeden Tag mit einem weltberühmten Zauberkünstler zu Mittag speise, und mit dessen Frau, wahrscheinlich seiner Assistentin. So wurden die Gutzkes kurzerhand auch eingeladen. Das also war das Gastspiel: Franco Tomelleri aus Las Vegas, New York, Monte Carlo und – dem Haus „Frieden".

Er übte wie besessen: den Trick mit den Gummiringen, das Kunststück mit der schwebenden Rose und sogar seine Spezialfassung mit dem verwandelten Hunderter! Zaubern war für ihn Therapie: Weil er seine Tricks seit Jahrzehnten auch im Tiefschlaf konnte, kam es nur auf die maximale Beherrschung der Bewegungen an. Und bei keiner Tätigkeit fiel es ihm so leicht, das grässliche Zittern und Schlingern der Hände zu unterdrücken, wie beim Zaubern, das seine Berufung war.

Er übte und übte und sprach dazu seine Texte, fast wie früher, ging einigermaßen grade auf und ab und schaffte sogar die langsame Wiederholung des Gummiring-Tricks, obwohl nichts so schwer ist wie Langsamkeit im entscheidenden Augenblick. – Dann geschah es: Als er die Sache mit dem Geldschein zum vierten Mal durchspielte, wusste er plötzlich nicht weiter! Tausend Mal hatte er dieses Kunststückchen dargeboten, der komplizierte Falzvorgang wäre ihm sogar volltrunken gegenwärtig gewesen, und jetzt – stocknüchtern! – fiel ihm plötzlich nicht ein, ob die dritte Falzung nach links oder rechts erfolgen musste. – Er rettete sich in seinen Sessel. Die Krankheit – jetzt hat sie mein Gehirn erreicht, schoss es ihm durch den Kopf. Und die dunkle Wand schob sich zwischen ihn und alles andere.

**

Hin und wieder liest man Berichte von Schauspielern, Tänzern, Artisten, die trotz plötzlicher Erkrankung oder einer Verletzung auf offener Bühne ihren Part weiter dargeboten hätten, als ob ihnen nichts fehle. Und nicht einmal Schmerzen hätten sie gespürt; die wären ihnen erst nach dem Abgang bewusst geworden.

Die Hingabe an eine künstlerische Darbietung ist für den Körper immer eine Ausnahmesituation, verbunden mit so starker Adrenalin-Ausschüttung, dass alles, was nicht dazugehört, ausgeblendet, geradezu völlig verdrängt wird.

**

Als Franco Tomelleri in Wagners Garten zauberte, bezauberte er vor allem die Kinder: die drei kleinen Wagners, die Rangen der eingeladenen Nachbarn und Freunde – ein Publikum, das im grünen Gras hockte und zu dem großen Magier aufblickte mit glühenden Augen. Dass seine Hände ein wenig schlenkerten, störte sie nicht. Falls sie es überhaupt bemerkten, hielten sie das vielleicht für eine besonders raffinierte Methode, „den Zaubergeist zu wecken", wie Franco immer wieder sagte: „Es kommt nur darauf an, den Zaubergeist zu wecken! Ruft ihn, Kinder, ruft ihn: Komm her, Zaubergeist!" – Und im Chor schrieen die hellen Kinderstimmen „Komm her, Zaubergeist!", was Franco genügend Zeit gab, die Gummiringe so durchzuziehen, dass der Knoten – schwupp! – wieder verschwunden war.

Annaluise hatte einen Ehrenplatz gleich neben Francos Zaubertischchen. Mit ihrem grün-goldnen Hosenanzug sah sie sehr künstlerisch aus. Sie war der personifizierte Zaubergeist, wenn sie – mit ihrer dunklen Stimme – sagte: „Ich komme!" (Ein spontaner Einfall, der Franco total überraschte! Doch während die Kinder zu Annaluise blickten, hatte er noch etwas mehr Zeit, die Gummiringe so zu verschlingen, dass sie nun gleich vier Knoten hatten.)

Franco war so in Fahrt, dass er es sogar riskierte, einen kleinen Wagner-Jungen zu sich zu rufen, um den – mit Hilfe des Zaubergeistes – die Knoten wieder verschwinden zu lassen. Großer Applaus der kleinen Hände!

Als er Schluss machen wollte, sprangen die Kinder auf, zerrten an seinem langen schwarzen Mantel, griffen nach seinen Fingern, bettelten um eine Zugabe. Franco zögerte. Er hatte kein Kunststück mehr parat, kein extra für diesen Auftritt trainiertes Kunststück. Sollte er es wagen, die Sache mit den Zwirnsfäden zu zeigen, die er mindestens seit einem Monat nicht mehr durchgespielt hatte? – Sein Zögern steigerte ihre Rufe; ihr Hüpfen und Klatschen wurde zu einem kleinen Tumult. Und so musste es eben sein!

Er holte die Garnrollen aus seinem Kästchen und die präparierten Zwirnsfäden – sehr, sehr dünnes Material, Gift für seine Flatterhände. Aber – sie flatterten nicht! Unter dem begeisterten Kreischen seines kleinen Publikums teilte und verband Franco Tomelleri die Fäden nach Weltmeister-Art! Und beim Höhepunkt, als er den langen unverletzten Zwirnsfaden hervorziehen musste – „Komm her Zaubergeist, noch einmal komm her!" -, da stand Annaluise auf und half ihrem Werner über den schwierigen Augenblick, indem sie ihn sekundenlang verdeckte. Der Jubel war unbeschreiblich.

Glückliche Kinderaugen, jauchzende Kinderstimmen begleiteten Werner Gutzke auf dem Heimweg, als die junge Frau Wagner ihre stolze Schwiegermutter und „das zauberhafte Ehepaar Tomelleri" nach Hause fuhr, in das Seniorenheim „Frieden".

Wochenlang blieb die dunkle Wand verschwunden.

Das Gastspiel

Ein Report. – Die Ereignisse trugen sich in der zweiten Hälfte der Achtziger Jahre zu. Namen von Personen, Orten und Einrichtungen wurden geändert.

***

Salzburg, Anfang April. Eine elegante Terrassenwohnung in Halbhöhenlage. Der Theater- und Fernsehstar Jürgen Ortmann verbringt einen ruhigen Abend am Kaminfeuer, gemeinsam mit seiner Frau, die ebenfalls eine begehrte Schauspielerin ist: Thilda Bogner, seit mehreren Jahren Hauptfigur in einer Fernsehserie mit maximalen Reichweiten.

„Was hältst du davon, Thilda, wenn wir mal wieder etwas Schönes zusammen spielen würden, und zwar in Wien? Christa Zimmer hat mir heute beim Mittagessen einen Vorschlag gemacht." Christa Zimmer ist die Agentin der beiden. Jürgen hat sich mit ihr im Nobelrestaurant des führenden Hotels getroffen, um – bei sehr mäßigem Essen – Pläne für das kommende Jahr zu machen. Dabei ist auch zur Sprache gekommen, dass er im Oktober des laufenden Jahres noch frei sei, und dass – welch ein Zufall! – auch für Thilda in den Oktober-Wochen Drehpause herrscht. Just für diesen Monat aber plane das Theater in der Josefstadt eine interessante Produktion.

Am Kamin berichtet Jürgen von dem Projekt: der wunderbaren Komödie „Ornifle" von Jean Anouilh. „Das Stück hat zwei phantastische Rollen für uns, und es ist auch sonst erste Sahne – eine echte Komödie, nicht so ein plattes Lustspiel, das sich nur Komödie nennt."

Thilda: "Hast du den Monsieur Ornifle nicht früher schon mal gespielt?" – „Ja, vor Jahren, in München, mit Ursula Langen als Mademoiselle Supo – sehr schön!" Er teilt mit, dass diesmal der Intendant persönlich die Regie haben werde, selbst ein begnadeter Komödiant, und dass natürlich Thilda die Supo spielen solle – eine geniale Besetzung!"

Thilda wundert sich: „Ach so. Ich dachte, ich würde die Gräfin sein, Ornifles vornehme Gattin." – „Aber nein", lächelt Jürgen, während er von dem guten Zweigelt nachschenkt, „das ist ja eine Rolle am Rande. Dafür haben sie noch gar keine Besetzung, das findet sich. Wir beide sollen natürlich die tragenden Partien spielen. Und, denk dir, den Machetu, diesen köstlichen Gauner, wird Helmut Lehner machen – also, wenn das kein Spaß wird!"

***

Ende April, im Schnellzug Salzburg – Wien. Jürgen Ortmann sitzt im Speisewagen und versucht, den Tafelspitz nicht allzu schlecht zu finden. Er denkt zurück an seine Wiener Jahre: „Mein Gott, jetzt bin ich fast fünfundvierzig. Als ich Hanna heiratete, war ich nicht mal fünfundzwanzig. Und da war Lisa schon unterwegs. Lisa – die muss ja fast schon so alt sein wie damals ihre Mami."

Der Speisewagenkellner bringt das zweite Viertel Rotwein.

„Arme Hanna, sie hatte es schwer, die neun Monate lang. Konnte gar nicht auftreten, von Anfang an … Aber vorher, das war eine Zeit! Wir hatten von nichts so richtig eine Ahnung, aber wir probierten alles aus: Literarisches Kabarett, Rundfunkauftritte, kleine Sachen im Fernsehen. Dann die

Tourneen durch Kurbäder, Schul-Aulen, Provinztheater ...
Schön war's!"

Er versinkt in widersprüchlichen Erinnerungen und Ge-
fühlen: Seine frömmelnden Eltern, sein unausstehlicher
Bruder, seine Zeit auf der Schauspielschule, wo er Hanna
kennen lernte. Ja, Hanna! Was hatte sie für eine schöne
Stimme! Und nicht nur das ...

Als das Kind auf die Welt kam, endete ihre Liebe plötzlich.
Schwer zu verstehen. Soll aber öfter vorkommen. Sie waren beide vernünftige Menschen, gute Freunde, wenn auch
sehr traurig. Sie beschlossen dann bald, auseinander zu
gehen. Jürgen Ortmann hatte bei einer Tourneeproduktion
Thilda Bogner kennen gelernt, seiner Heimatstadt Wien
ade gesagt, ein neuer Lebensabschnitt begann.

In den folgenden Jahren hörte er immer wieder von der
Erkrankung seiner Ex-Frau Hanna, und von Mal zu Mal
klangen die Berichte trauriger. Sie konnte gar nicht mehr
auftreten, auch nicht mehr das Haus verlassen, nicht mehr
das Kind versorgen, das ins Internat kam. Die Eltern holten
Hanna heim in das Haus ihrer Jugend, ein reiches Haus im
noblen Wiener Vorort Pötzleinsdorf. Dort vegetierte Hanna,
strengen ärztlichen Vorschriften unterworfen, offenbar vor
sich hin. Höchstens eine Stunde pro Tag – so hatte er gehört
– dürfe sie im Haus herumgehen, oder im Garten. Ansons-
ten: Bettruhe, lesen, Musik hören, fernsehen … Niemand
konnte ihm genau sagen, was für eine Krankheit das war,
die sie niedergestreckt hatte. Seiner Meinung nach handelte
es sich wohl um etwas Psychosomatisches. Na ja ...

Jürgen trinkt seinen Wein aus und zahlt.

***

Wien, Anfang Mai, Direktionszimmer des Theaters in der Josefstadt.

Jürgen hat sich ein Wochenende lang in seinem lieben alten Wien umgesehen, die Stätten der Jugend besucht, die alte Schule … Nun sitzt er dem großen Komödianten und strengen Direktor dieses so erfolgreichen Wiener Theaters gegenüber. Der nimmt das Wort: „Wissen Sie, lieber Herr Ortmann, das Stück ist seit fünfzehn Jahren nicht mehr in Wien gelaufen, hatte während dieser Zeit aber an achtundzwanzig österreichischen und deutschen Bühnen tollen Erfolg. Uns kann also gar nichts passieren – noch dazu mit so einer Traumbesetzung! Ich bringe es übrigens an den Kammerspielen heraus, nur 512 Plätze, intimer Rahmen – da sind uns dreißig ausverkaufte Abende sicher!"

Artig wirft Jürgen ein: „Na, und wenn Lehner den Machetu gibt, dann werden wir wohl auch noch nachmittags spielen müssen! Ich bin übrigens nur bis Ende des Monats, bis zum 31. Oktober frei, danach habe ich einen Film." – „Ich weiß, ich weiß. Der Film, das ist oft ein Problem. Die Rolle der Gräfin, Ornifles Gattin, wollte ich eigentlich mit Senta Burger besetzen, aber die dreht den ganzen Oktober über. Vielleicht haben Sie einen Vorschlag?"

Fieberhaft denkt Jürgen nach. In solchen Momenten fällt einem von tausend Möglichkeiten keine einzige ein! Die Gräfin ist keine große Rolle. Aber eine schöne, edle Figur in dieser Komödie. Und sie hat eine sehr intensive Szene mit dem Ornifle, also mit ihm.

„Ja … doch, da wüsste ich jemand. Eine Kollegin, die sogar hier in Wien lebt: Hanna Kahlau, meine erste Frau." – Der Intendant ist verdutzt. Jürgen will ihm auf die Sprünge helfen: „Aber Sie müssen sich doch erinnern! Vor etlichen Jahren hatten wir hier am Volkstheater große Erfolge." – „Natürlich weiß ich das. Aber ich habe lange nichts mehr von ihr gehört." – „Ja, die Hanna, die … macht seit einiger Zeit etwas ganz anderes. Aber für die Rolle der Gräfin brauchen Sie doch nicht noch einen Star, Sie haben doch uns, Thilda und mich. Und Lehner!" – Der Chef des Hauses zaudert. Da hört sich Ortmann sagen: „Ich verbürge mich für Hanna Kahlau!" – „Na, gut", lacht der Intendant: „Ihr Wille geschehe!" Dann lässt er Champagner kommen.

Von Hannas Krankheit hatte Jürgen nichts gesagt.

***

Pötzleinsdorf, am ersten Mai-Wochenende. Traumwetter – warm, blau, windstill!

Auf der Terrasse des luxuriösen Bungalows liegt Hanna auf einer weißen Gartenliege, eingehüllt in eine viel zu warme Decke, neben sich das Buch „Anouilh, Komödien, Band 2".

Jürgen Ortmann hat sie am Tag davor vom Hotel Imperial aus angerufen: Ob er kommen dürfe, nach fast fünfzehn Jahren. Und als sie sich freute, war ihm noch eingefallen: „Lies doch mal von Anouilh den ‚Ornifle', ich hab da so eine Idee."

Jetzt sitzt er an ihrer Seite und kann nur staunen. „Hanna, du siehst einfach phantastisch aus!" – „Ach was, ich bin eine kranke Frau, und ich werde alt." – Er lacht laut auf. „Damals, ehe Lisa geboren wurde, warst du ein sehr, sehr hübsches Mädchen. Dann, nach unserer Trennung, eine stolze, souveräne Frau, und jetzt, jetzt bist du – entschuldige bitte das Pathos! – eine blühende Schönheit." Er sagt das nicht nur, es ist so! Ihre Haut hat eine seltsame Transparenz. Ihre Augen scheinen größer, strahlender zu sein als früher. Ihre Stimme ist noch genau so klangvoll, und dass sie vierzig ist, kann man kaum glauben!

Sie berichtet Jürgen dann ausführlich, aber irgendwie vage, von den lebensgefährlichen Leiden, die sie ans Bett fesseln – so drückt sie sich aus. Beim besten Willen lässt sich aus ihrer Schilderung nicht entnehmen, was ihr konkret fehlt. Sie erwähnt zwar so ziemlich alle inneren Organe, benennt aber keine klare, nachvollziehbare Diagnose. Jürgen denkt: Das muss eine seltsame Krankheit sein, die einen Menschen so strahlend gesund aussehen lässt!

Im Grunde laufen Hannas Klagen darauf hinaus, dass sie zwar keine Schmerzen leide, aber einfach nicht fähig sei, sich anzustrengen. Jede noch so kleine Arbeit oder Mühe mache sie todmüde. Selbst nach einer Mahlzeit wäre sie so matt, dass sie auf der Stelle ein, zwei Stunden ruhen müsse.

Jürgen wechselt das Thema. „Hast du den ‚Ornifle' schon gelesen?" – „Ja, ich kenne das Stück. Du hast doch damals in München--- " – „Ja, mit Ursula Langen – war toll! – Angenommen, du könntest dir eine Rolle darin aussuchen, welche würdest du wählen?" – „Aber Jürgen, du weißt doch, ich spiele seit Jahren nicht mehr." – „Egal, man darf sich doch etwas wünschen." – „Na ja, die hysterische Mademoiselle Supo wär' wohl nichts für mich. Vielleicht die Nenette, die ältliche Haushälterin?" – „Quatsch! Du sollst die Gräfin spielen, meine schöne Frau, die einzige, die Ornifle wirklich liebt." Nun war es heraus.

Hanna schließt die Augen. „Willst du mich traurig machen? Du weißt doch wie es um mich steht. Ich werde nie mehr eine Bühne betreten." – Jürgen berichtet sachlich, fast geschäftsmäßig von dem Projekt, dem prominenten Regisseur, der Besetzung der Hauptrollen. Hanna unterbricht ihn: „Was? Die ewig heulende Supo soll deine zweite Frau spielen? – Das wär' ja witzig!"

Sie hat an diesem Tag ihren ärztlich erlaubten Spaziergang noch nicht absolviert. Er hilft ihr auf, legt die Decke zusammen. Sie hat ein legeres, aber sehr schickes Hauskleid an. Untergehakt schlendern sie durch den riesigen parkartigen Garten.

Jürgen lässt beiläufig fallen: „Die Gräfin, das ist keine große Rolle. Sie hat nur drei Szenen. Sie muss nichts tun, was anstrengt. Sie muss nur wirken, Ausstrahlung haben. Ich kann mir keine andere vorstellen als dich, Hanna. Und die schönste Szene hätten wir beide zusammen."

Lange sagt Hanna kein Wort. Dann: „Ich würde es nicht durchstehen. Ich würde auf der Bühne zusammenklappen. Vielleicht würde ich es nicht überleben." – Jürgen ist klug genug, nicht zu insistieren. „Schade. – Ich hätte gedacht, wenn man dich bis zum Probenbeginn ganz behutsam trainiert, jeden Tag ein kleines bisschen mehr; wenn wir dich abholen lassen zum Theater, dir eine Liege in die Garderobe stellen – – na ja, vergiss es!"

Er begleitet sie zurück auf die Terrasse. Seltsamerweise ist sie kaum erschöpft von dem Spaziergang. Sie zeigt ihm sogar in ihrem Elternhaus die Zimmer, die sie jetzt bewohnt, plaudert dabei über die alten Zeiten, über Lisa und deren Erfolge auf der Uni ...

Im Hinausgehen sagt Jürgen dann: „Wahrscheinlich kommt ein Brief vom Theater, ein offizielles Angebot. Du musst nicht darauf antworten, wenn du nicht magst. Ich regle das dann für dich."

Sie trennen sich mit einem Lächeln und einer kleinen Umarmung.

***

Salzburg, einige Tage später. Jürgen packt seinen Koffer aus und berichtet seiner Frau Thilda von der Wien-Reise. Zuerst von den harmlosen Dingen: Wie er seine alte Schule besuchte, dass er im Sacher überraschend gut gegessen hat, sogar nach Baden hinausgefahren ist, wo sie zusammen „Das weite Land" von Schnitzler gespielt haben, vor sechs oder sieben Jahren. – Dann von der Verhandlung im Theater: „Denk dir, der Intendant sieht völlig unverändert aus! Und er will vielleicht selbst den Pater Dubaton übernehmen – der und Lehner zusammen im Kleinen Haus, den Kammerspielen, das wär' eine Sensation."

Aber irgendwann muss er die Katze dann aus dem Sack lassen. Und Thilda ist alles andere als amüsiert! „Wie konntest du so einen schwachsinnigen Vorschlag machen! Und dich dann auch noch verbürgen für eine Frau, die jahrelang weg vom Fenster ist. Und todkrank!" Sie nennt ihn verantwortungslos, grauenhaft sentimental und von jedem Geschmack verlassen: „Findest du das lustig? Ich soll die zickige Sekretärin geben. Und SIE die edle Dame?!"

Jürgen schenkt ihnen beiden einen irischen Whisky ein. Das passt zwar nicht zur Stimmung, aber eben gerade darum! „Thilda, ich hatte ja nicht damit gerechnet, dass Hanna es überhaupt erwägt. Ich wollte ihr einfach eine

Freude machen mit so einem Angebot. Dass noch jemand an sie denkt, als Schauspielerin, das könnte sie vielleicht ein bisschen aufrichten, dachte ich. Wie konnte ich ahnen, dass sie, als das Angebot ankommt, auf der Stelle eine Zusage zurückfaxt?"

Lange Pause. – Thilda denkt darüber nach, wie schwer es damals gewesen war, Jürgen für sich zu gewinnen, den jungen Vater, den Mann einer schönen und erfolgreichen Kollegin ...

Der Koffer ist ausgepackt, der Whisky hat die Situation entspannt. Und mit einem gekonnten Seufzer beendet Jürgen die Sache: „Thilda, du musst – wir müssen das einfach ganz professionell sehen. Hanna wird eine gute Gräfin sein. Persönliche Dinge sollten in so einem Fall keine Rolle spielen."

Seine Frau nimmt ihm das zwar nicht ab, aber sie schweigt.

***

Vier Monate später. Die Proben in den Kammerspielen sind schon recht weit fortgeschritten. Heute ist die erste Kostümprobe des zweiten Aktes. Hanna hält überraschend gut durch. Nach jeder Probe ist sie zwar ziemlich geschafft. Aber sehr glücklich. Sagt sie selbst!

Ornifle und die Gräfin in den Gewändern eines Kostümballs:

Ornifle: Ich fühle mich nicht ganz wohl und möchte mich lieber ausruhen.

Gräfin: Schickt mir da der Himmel endlich einen angenehmen Abend mit dir?

Ornifle: Lass den Himmel aus dem Spiel! Der gibt nie
etwas umsonst.

Gräfin: Wenn du nicht auf den Ball gehst, bleibe ich
auch hier. Ich bin eine Frau, die ihre Pflichten
ernst nimmt. Das habe ich dir schon bei unserer
Hochzeit erklärt. Bei einem Mann wie dir hat
eine Frau allerdings wenig Gelegenheit, ihren
Pflichten nachzukommen. Ich möchte diese sel-
tene Chance also nicht ungenutzt verstreichen
lassen.

Hanna ist fabelhaft! Aufrecht, adlig, weiblich, durch und
durch stark, ganz leicht ironisch. Jürgen gibt den scheinbar
Kranken, der großzügig Verzicht übt:

Ornifle: Nein, geh du nur auf diesen Ball, amüsiere dich!
Ich will hören, dass du schön warst. Wenn du
heimkommst, klopfe an meiner Tür und erzähle
mir von deinen Erfolgen!

Langer Gang. Die Gräfin tritt hinter Ornifle.

Gräfin: Warum hast du mich geheiratet, George?
(Pause.) Könntest du glücklicher sein, wenn wir
uns scheiden ließen?

Diese Fragen schneiden aus heiterem Himmel in das Ge-
plänkel. Und Hanna stellt sie mit einem Ernst, einem so
tiefen Gefühl, dass die Komödie für Minuten zu einem
traurigen Drama wird. Jürgen ist sehr froh, Hanna vorge-
schlagen zu haben. Thilda hört aus der Kulisse zu. Auch
sie bejaht nun das Experiment. Ihre Professionalität hat
gesiegt.

Es kommt nur noch darauf an, dass Hanna für die Premiere und die folgenden vier Wochen ihre Hochform behält!

***

Nach der Premiere hat sich die Presse natürlich das Maul zerrissen über die pikante Besetzung, über die Wiederentdeckung eines fast vergessenen Stars und – zum Glück auch das! – über den großen Publikumserfolg.

In den Pausen zwischen ihren drei Szenen hört Hanna in der Garderobe ihre Lieblings-CDs. Und trällert mit! Sie weiß gar nicht, dass sich ständig ein Arzt im Theater aufhält, der notfalls die rettenden Spritzen geben könnte. Jürgen hat dafür gesorgt.

An den Montagen wird nicht gespielt. Diese Tage stellen ein großes Risiko dar. Jeden Montag ist Hanna wieder so schwach und hinfällig wie vor dem Gastspiel. Ihre Eltern schimpfen mit ihr, wenn auch schonend, über die Wahnsinnstat, die sie das Leben kosten könne. Dienstags rappelt sich Hanna dann wieder auf.

Sobald nach der letzten Szene der Vorhang fällt, stellen sich die Schauspieler für den Applaus auf. Dann öffnet sich der „Lappen" wieder, und es kommt – neben der Größe der Rolle – sehr darauf an, wer mit der maximalen Ausstrahlung und Präsenz ein, zwei Schritte vortritt, um sich zu verbeugen. Hanna siegt jeden Abend.

***

Ende Oktober, im Hotel Imperial, Wien, nach der vorletzten Aufführung.

Thilda und Jürgen unterhalten sich in ihrer Suite bei einem Nightcup: „Jürgen, darf ich dich etwas fragen? Warum hast du dich damals von dieser Frau getrennt?" – „Hm ja, natürlich deinetwegen." – „Du sollst jetzt nicht den Ornifle weiterspielen, wir sind hier privat. Also: Was war der Grund, dass du zu mir … übergelaufen bist?" – Wieder einmal verflucht Jürgen die weibliche Lust, Dinge zu hinterfragen, die besser im Dunkeln bleiben, mindestens in einem angenehmen Halbdunkel. Dann bringt er hervor: „Ich habe Hanna sehr geliebt. Sechs Jahre lang. Danach waren wir noch ein paar Jahre recht glücklich. Dann habe ich dich mehr geliebt, mehr begehrt als Hanna. – Übrigens seid ihr beide großartige Frauen."

Sie gehen schlafen. Es ist ein Zimmer mit zwei separaten Betten.

***

Die letzte Vorstellung eines Gastspiels ist manchmal etwas chaotisch. Jeder versucht, einen Gag zu landen, einen Witz in den Text zu schmuggeln, einen Kollegen ins Bockshorn zu jagen. Der rührende Gauner Machetu, gespielt vom Vollblut-Komödianten Lehner, legte mehrmals Mademoiselle Supo aufs Kreuz, bildlich gesprochen wie auch real! Ornifles angehende Schwiegertochter stieg ungeniert zu Jürgen ins Bett, was ihn ärgerte: Jeder wusste, dass die junge Dame lesbisch ist. Nur Hanna blieb unbehelligt von den Streichen ihrer Kollegen. Fast schien sie ein wenig traurig, dass man sie so geschont hatte.

Im Theaterrestaurant gibt es dann eine Abschlussparty, bei der es hoch her geht; der Champagner fließt in Strömen. Man hat es hinter sich! – Hanna bricht nach kurzer Zeit auf – Küsschen, Umarmungen, verständnisvolle

Worte! – und der Theaterchauffeur fährt sie heim nach Pötzleinsdorf. Er kommt jedoch nicht bis dort. Unterwegs hat Hanna auf dem Rücksitz einen Zusammenbruch. Er rast mit ihr ins AKH, die große Wiener Krankenanstalt; zum Glück findet man bei Hanna alle nötigen Papiere. In der routinemäßigen Untersuchung stellt man furchtbare Messwerte fest.

***

Alle erfuhren die Diagnose, nur Hanna nicht. Die Ärzte gaben ihr noch sechs Wochen, höchstens drei Monate. Natürlich ahnte Hanna, dass sie ernsthaft krank war. Sie fühlte es nur zu deutlich. Aber sie wollte kämpfen. Die letzten Wochen hatten ihr gezeigt, dass es sich lohnt zu leben.

Jürgen sprach mit dem Intendanten. Er bat ihn, Hanna eine Rolle zu offerieren, irgendeine schöne, große Rolle – für eine Produktion in der nächsten Saison. „Sie können ihr die Maria Stuart anbieten, oder die Lady Macbeth – es ist ohne Risiko!"

Der Intendant machte mit. Als Jürgen nach wenigen Wochen Hanna noch einmal besuchte, lag auf ihrer Bettdecke ein Rollenbuch: die Genia in Schnitzlers „Das weite Land". Hanna konnte nur noch mühsam sprechen. Sie schaute Jürgen an, und ihre Augen waren so jung, so tatendurstig! Sie flüsterte: „Ich muss gesund werden, ich muss bis dahin richtig gesund werden." -

Senta Burger spielte dann die Genia.

Herr Fischer und seine Frau

- Kein Märchen -

Ilse Fischer hatte immer große Rosinen im Kopf, wie man so sagt. Schon als junges Mädchen wollte sie hoch hinaus, musste als einziges Kind von etlichen Geschwistern studieren! Na ja, für die Beamtenlaufbahn hatte es gereicht. Jetzt war sie Referatsleiterin im Bauamt der nahen Kreisstadt, im Rathaus von Pollern. Das heißt: Vor zehn Jahren wurde sie dort zum letzten Mal gesehen. Seitdem ist sie aufgrund der Mutterschaftsgesetze beurlaubt. Denn auch, was den Nachwuchs angeht, konnte sie nicht genug bekommen: Fünf Kinder hat sie seit ihrem letzten Arbeitstag zur Welt gebracht, in wohl überlegtem Abstand von zwei Jahren. Danach jedes Mal zwei Jahre Babyurlaub … (Das Beamtengehalt lief ja weiter, wenn auch in den letzten Jahren etwas spärlicher. Aber das Kindergeld von Vater Staat glich die Abzüge mehr als aus.)

Ilse lebte mit ihrem Mann Willem Fischer dort, wo das magere Flüsschen Timpe ins Meer mündet, in Timpediek, Haus Nr. 14. Es war das vorletzte Haus, denn Timpediek hat nur fünfzehn Häuser; davon sind elf Bauernhöfe, drei kleine Privatpensionen, und eins ist der bescheidene Gasthof.

Willem Fischer war nicht nur als Ehegatte, sondern auch als Bauer ein fleißiger Mann. Obwohl er eigentlich Kapitän hatte werden wollen, wie sein Vater. Der gehörte zu der bewunderten Clique der Kap-Hoorniers, der mutigen und erfolgreichen Umrunder des gefährlichsten Felsens der Welt. Darum wollte es Willem seinem Vater gleich tun, und darum hatte Ilse ihn geheiratet. Doch er bekam ein Augenleiden, mit dem man leider nicht die Ozeane beherrschen kann. Als sich das zeigte, entwickelte Ilse sofort eine großartige Alternative: Ihre künftigen Kinder sollten in unverfälschter Natur aufwachsen, in ländlicher Ursprünglichkeit, frei wie die Vögel! Also kauften sie Timpediek 14, und das Kinderkriegen konnte beginnen.

Der Hof war ein großes Anwesen. Zwar hatte er nicht viel gekostet, aber bald zeigte sich, dass er sehr viel Arbeit und sehr wenig Gewinn machte. Fischers konnten kaum die Hypothekenzinsen erwirtschaften, trotz aller Plackerei, die Willem auf sich nahm. Darum verlegte Ilse sich auf das Ideenmachen! Eine einzige große Idee musste ja nur gefunden werden, die ordentlich Geld einbrachte, und sie wären schlagartig aus dem Schneider.

Ilse transpirierte sehr leicht. Dieses ewige Schwitzen belästigte sie (nicht nur sie!). Darum entwickelte sie ein Spray, das die Haut kühlt und angenehm duftet; es sollte in einer schlanken Spraydose mit dem grünblauen Namenszug „COOL" angeboten werden. Natürlich konnte sie diese Idee nicht allein bis zur Marktreife bringen. Sie nahm Kontakt zu Chemikern, Produkttechnikern, Marketingleuten und Packungsgestaltern auf. Dann verhandelte sie mit einem weltbekannten Kosmetikkonzern in der Großstadt. Es gelang ihr, bis zum Leiter der Produktentwicklungs-Abteilung vorzudringen. Aber, wie das so ist: Der ärgerte sich vielleicht, dass ihm die Sache nicht selbst eingefallen war, zögerte lange und beauftragte dann ein Marktforschungsinstitut, die Chancen eines solchen Sprays zu prüfen. Und da solche Forscher immer genau spüren, was bei einer Untersuchung herauskommen soll, kam heraus, dass die Verbraucher ein derartiges Produkt

unter keinen Umständen haben wollen. – Fischers Bank-
schulden waren um einiges gestiegen.

Währenddessen versorgte Willem die Schafe und Ziegen,
die Hühner und Truthähne, die Wiesen und Felder, die
Katzen und – die Kinder. Inzwischen hatte sich der Nachwuchs in all der ländlichen Freiheit und Natürlichkeit zu
einem kräftigen Unkraut entwickelt, das den Eltern oft
über den Kopf zu wachsen drohte. Auch drohte so mancher Nachbar.

Unermüdlich entwickelte Ilse Konzepte großen Zuschnitts
und Ideen, die die Welt verändern würden, vor allem aber
ihre finanzielle Situation. Ganz gut sah es zunächst aus,
als Ilse die Färöer-Inseln touristisch massiv erschließen
wollte. Sie hatte einen Fernsehfilm über diese kargen Ei-
lande zwischen England und Island gesehen und fand,
man könne, ja müsse daraus ein Urlauberparadies machen.
Tatsächlich gewann sie einen Investor aus der Hotellerie,
der sie zu ausführlichen Recherchen vor Ort ermutigte.
Doch ermutigend waren die Resultate leider nicht.

Recht weit gediehen Ilses Verhandlungen über ein Kreuz-
fahrtschiff speziell für kinderreiche Familien. Ebenso die
Gespräche über das Hunderttausend-Euro-Haus („Das
fertige Fertighaus – per Schwerlaster geliefert, in einem
Tag aufgestellt!"). Beides verlief im Sande.

Eigentlich hatte bisher nur ihr allererster Geistesblitz, den
sie schon lange vor ihrer Karriere als Mutter gehabt hatte,
reüssiert: ihre Erfindung einer faltbaren Babykarre, die
man wie einen Regenschirm zusammenklappen konnte.
Ja, diese Dinger sieht man heute in tausend Varianten welt-
weit. Aber Ilse, unsere Ilse Fischer, hatte als erste die Idee

gehabt. Und leider einen Partner, der das Geschäft dann lieber auf eigene Faust realisierte.

Ilse ließ sich nicht entmutigen. Sie brachte ihre Ideenschmiede immer wieder auf Hochtouren. Sie entwickelte ein Recycling-System, das ohne alle Rückstände funktionierte und noch dazu viel billiger war als die bisherigen Verfahren. Ein Konsortium hochrangiger Umweltspezialisten und mehrere Maschinenbau-Konzerne waren sehr interessiert. Nur die Vorfinanzierung mit den erforderlichen Staatsbürgschaften kam leider nicht zustande.

Die Kreissparkasse Pollern wurde schließlich nervös und drohte, die gesamten Hypotheken der Fischers auf einen Schlag zu kündigen. Da klopfte Orlando von Buttje an die schäbige Tür von Timpediek 14. Ilse hatte von dem seltsamen Gast schon gehört, der sich seit zwei Wochen in Timpediek umschaute. Erst war er ein paar Tage im Gasthof abgestiegen, dann in der Ferienwohnung von Hein Schulte, dem Bürgermeister, dann auf dem Matthiessen-Hof gleich hinter dem Deich. Und jetzt stand er also vor ihr – sehr höflich, sehr städtisch – und fragte nach einem Zimmer.

Nun hatten die Fischers auf ihrem Hof zwar „Platz zum Tanzen", aber eigentlich nicht einen einzigen Raum in vermietbarem Zustand. Überall bröckelte Putz, trat Wasser durchs Dach, oder Zugluft pfiff von Fenster zu Fenster. Im einzigen Trakt, der halbwegs bewohnbar war, hatte Ilse gerade einen Laden mit englischen Landhausmöbeln und Dekostoffen etabliert. Selbst sie war allerdings im Zweifel, ob Timpediek der ideale Standort dafür sei, aber sie mochte die Waren, die sie persönlich in England eingekauft hatte, und sagte sich, eine gute Sache spricht sich immer und überall herum. – Willem sagte gar nichts.

Orlando von Buttje aber sprach: "Ich freue mich, Sie kennen zu lernen, gnädige Frau! Ich habe schon so viel von Ihnen gehört – natürlich nur das Beste, hahaha!" – Da bot ihm Ilse spontan eines der Zimmer über der Garage an; das hatte wenigstens Teppichboden. Orlando von Buttje war begeistert, zahlte sofort die erste Miete, fragte, ob man auch Frühstück bekommen könnte, was bejaht wurde, und erwähnte mit keinem Wort, wie lange er zu bleiben gedächte.

Herr von Buttje nahm künftig nicht nur das Frühstück im trauten Familienkreis ein, sondern auch einen Mittagsimbiss. Er sah sich mit Willem interessiert auf dem ganzen Hof um, herzte die Kinder – was diese sichtlich verstörte! – und lud die Fischers nach einer gemeinsamen Abendmahlzeit zu einer Flasche Wein ein. Es wurden drei Flaschen – war der Mann etwa Weinvertreter?

Timpedieks Bürgermeister Hein Schulte wusste nicht recht (als Ilse ihn fragte), was er von Herrn Orlando halten sollte. Er sog an seiner Pfeife und murmelte kurz: „Der redet zuviel." Nach einer knappen Minute setzte er hinzu: „Und neugierig isser auch." – Dass ein so kleines Dorf wie Timpediek trotz aller Gemeindereformen selbständig geblieben ist mit einem eigenen Bürgermeister, damit hatte es eine besondere Bewandtnis, über die noch zu berichten sein wird.

Willem, Ilse und Orlando wurden Freunde. Aus Pollern hatte der Zimmergast noch ein paar Kisten Wein kommen lassen. – Eines Tages, als Ilse in der Großstadt gewesen war – um einen internet-gestützten Bestellservice für Waren aller Art ins Leben zu rufen, Name: „Kaufen ohne Laufen" -, war ein weiterer Mieter auf dem Fischer-Hof eingezogen, in das zweite Zimmer über der Garage. Willem hatte sich nicht getraut, nein zu sagen, obwohl der

Raum eher eine Rumpelkammer war als ein Gästezimmer. Denn der Interessent, ein Bekannter des Orlando von Buttje, bot 500 Euro Miete – pro Woche! Er bat nur darum, am Hoftor ein kleines Schild und einen eigenen Briefkasten anbringen zu dürfen. Wer wollte ihm das – bei einem so großzügigen Mietzins – verwehren! Am übernächsten Tag war die Anbringung erfolgt. Auf Kasten und Schild stand: Deutsche Bank.

Die Ereignisse beschleunigten sich. Orlando von Buttje erzählte beim Wein, er habe noch mehr Bekannte und Freunde, die gern in Timpediek domizilieren würden, ja, er sagte domizilieren. Die wären bereit, Mieten zu bezahlen, wie sie etwa in der City von Frankfurt üblich seien – Frankfurt am Main, nicht an der Oder. Ob man nicht den Trakt mit den englischen Möbeln … ? Aber da blieb Ilse hart!

Nachts, als sie mit Willem friedlich im Bett lag, weckte sie ihren Mann. „Ich hab's! Wir bauen den Kuhstall um. Du musst morgen früh gleich mit Orlando von Buttje reden." Willem knurrte nur: „Ach, ich weiß nicht" und drehte sich auf die andere Seite. Ilse war begeistert von ihrem Einfall und konnte zwei Stunden lang nicht wieder einschlafen. Der Kuhstall stand ja seit Jahren leer, weil Rinder nicht mehr subventioniert wurden!

Eine kurze Besichtigung am nächsten Vormittag, und Orlando entwickelte Ilse seinen Plan. Genauer gesagt: Er lenkte sie geschickt dahin, dass sie es für ihre eigene Idee hielt: Der Kuhstall sollte ein hochmodernes Bürozentrum werden! Mit allen elektronischen Einrichtungen, einer Service-Zentrale, diversen Minibüros, Besprechungszimmern und Video-Konferenzräumen. Und selbstverständlich mit einer komfortablen Lounge nebst gut ausgestatteter Bar.

Ob nicht Ilse vielleicht die organisatorische Leitung übernehmen möchte? ...

Zwei Tage später kam ein Architekt, eine Woche danach lagen Pläne vor. Orlando besorgte – „mit seinem guten Namen", wie er sagte – eine Hundertprozent-Finanzierung und hatte auch die Baufirma an der Hand, die „schnell Tatsachen schaffen würde".

Timpediek als Wirtschaftsmetropole – das war eine Idee nach Ilses Geschmack!

Die Kinder kamen in ein Heim, zu dem auch eine Privatschule gehörte. Als sie sich dort wider Erwarten nicht zur neuen Elite des Landes entwickelten, verlor Ilse schnell das Interesse an ihnen. Jedenfalls störten die Rangen jetzt nicht mehr auf dem „Neuen Fischerhof". Dort tat sich nämlich eine Menge: Die Schafe und Ziegen wurden verkauft, die Hühner geschlachtet. Auf dem Areal des Gemüsegartens entstand ein Party-Pavillon, später ein Gästehaus für die hochrangigen Kurzbesucher, die mit Edelkarossen vorfuhren.

Ilse arbeitete nun wieder im Bauamt von Pollern, allerdings in Teilzeit. Das war sehr praktisch; so konnte sie für die rasche Genehmigung all der Um-, An- und Neubauten sorgen!

Eines Nachts schreckte Ilse aus dem Schlaf hoch. „Willem! Wir brauchen ein Parkhaus. Sprich morgen beim Wein gleich mit Orlando! Es soll ganz modern sein, die Fassade aus Glas und Metall, titan-verzinkt. Wozu bin ich im Bauamt von Pollern tätig?"

Drei Monate später stand das Parkhaus. Längst lebte Orlando in dem Trakt mit den teuren englischen Landhausmöbeln; aus dem schlichten Anbau war ein schicker Bungalow geworden.

Nicht weniger als einhundertvierundachtzig Firmenschilder prangten schließlich am Edelholz-Tor des Neuen Fischerhofs und einer zusätzlich errichteten Bronzewand, darunter BASF, Degussa, Daimler-Chrysler, Microsoft, Kuwait Investment Holding, Syrian World Trade Bank, International Transfer Services Ltd … Die Mieten hatten jetzt das Niveau von Tokio erreicht. Ilse organisierte Meetings, gesellige Treffs, intime Zusammenkünfte – endlich hatte eine ihrer Ideen die verdiente Resonanz gefunden!

„Willem", rief sie strahlend beim Zubettgehen, „wir müssen Aktien kaufen, Aktien von unseren Mietern. Und von vielen anderen Weltfirmen. Wir müssen global denken! Sprich morgen Abend beim Wein gleich mit Orlando, dass er die Mieten künftig in besten Aktien anlegt. Dann werden wir so reich, Willem, dass wir bald die Deutsche Bank kaufen können!" – „Allmächtiger Gott!", murmelte Willem (aber er meinte nicht Ilse), „ich weiß nicht, ich weiß nicht!" Und er schenkte sich das fünfte Glas Wein ein, oder war es das sechste?

Zwei Ereignisse führten bald zu Misshelligkeiten:

Willem, der mangels bäuerlicher Aufgaben ziellos auf dem Neuen Fischerhof herumlief, fand eines Abends seinen Lieblingskater Carlos zermalmt auf der neuen Zufahrtstraße. Ob eine der Edelkarossen oder ein Baufahrzeug ihn platt gemacht hatte, war nicht mehr zu erkennen. Jedenfalls zerriss etwas in Willem, und er verfiel in schwere Trauer. Nachdem er Carlos unter Tränen und unter einer alten Weide begraben hatte, begann er, das ganze Unterfangen zu hassen; nach der zweiten Flasche wollte er es nur noch beenden – „egal wie"!

Ilse war außer sich! Wegen eines toten Katers ihre Zukunft aufs Spiel zu setzen – was für ein Bauer war doch ihr Willem! Allerdings entwickelte sie aus gegebenem Anlass sofort eine bahnbrechende Idee: das Unsichtbare Tierschutz-System UTS – doch davon später.

Das zweite einschneidende Ereignis betraf die Gemeinde Timpediek. Es näherte sich nämlich deren hundertster Geburtstag. Vor fast hundert Jahren hatte die Kreisstadt Pollern versucht, Bauern anzuwerben, die bereit waren, die unwirtliche, sumpfige Scholle hinter dem Außendeich irgendwie zu bewirtschaften. Und da dies wenig ertragreich erschien, war man bereit gewesen, etwaigen Interessenten das Land fast kostenlos zu überlassen, nämlich gegen eine minimale Erbpacht auf neunundneunzig Jahre. Inzwischen nahm die kleine Gemeinde aus dem Erbpachtzins immerhin 25000 Euro pro Jahr ein. Sie konnte daher auf die üblichen kommunalen Abgaben und Steuern verzichten. Denn 25000 Euro, das war fast mehr als sie brauchte für das bisschen Infrastruktur: Zwei Sträßchen ohne Beleuchtung gab es, keine Kanalisation, keine Müllabfuhr, keine Straßenreinigung – all das machten die paar Bewohner in eigener Regie. Die behördlichen Angelegenheiten wurden in Pollern erledigt – kurz: Timpediek war finanziell autark – ganz ohne Grundsteuer, ganz ohne Gewerbesteuer!

Der Leser ahnt nun, warum ausgerechnet hier einhundertvierundachtzig Global Player domizilieren wollten und eine Mini-Niederlassung im Neuen Fischerhof eröffnet hatten. Wie sich später herausstellte, war die Gesamtsumme der – steuerfrei! – über Timpediek geleiteten Kapitalvermögen auf einen dreistelligen Milliardenbetrag zu veranschlagen – pro Monat! Da sind Mieten wie in Tokio wahrlich Peanuts.

Zum hundertsten Geburtstag der Gemeinde im nächsten Jahr sollte es nicht nur ein großes Fest auf dem Deich geben, sondern auch eine Änderung der Steuerverordnung. Da künftig die Erbpacht der Bauern und Anwohner wegfallen würde, beschloss die Gemeinde Gewerbesteuer und alle sonstigen kommunalen Abgaben zu erheben. Wegen der gewachsenen Infrastruktur sollte eine Straßenbeleuchtung geschaffen, eine Kanalisation gebaut und eine Müllabfuhr eingerichtet werden. Entsprechend happig war der geplante Steuersatz.

Nach Bekanntwerden dieser Beschlüsse geschahen, gewissermaßen über Nacht, für die Fischers dramatische Veränderungen: Zunächst hingen nur noch zweiundzwanzig Firmenschilder am Hoftor, dann waren auch die weg. Weg war auch Orlando von Buttje mit seinem Rolls Royce.

Nach dem ersten Schock kam Ilse auf die Idee, bei der Kreissparkasse Pollern mal nach ihrem Kontostand zu fragen. Doch der Direktor bedauerte sehr: Da die Geschäfte der letzten Jahre die Möglichkeiten eines regionalen Geldinstitutes überstiegen hätten, wären alle Konten und Veranlassungen auf Weisung ihres Bevollmächtigten, Herrn von Buttje, auf die Deutsche Bank übertragen worden.

Dort brauchte Ilse gar nicht erst anzufragen. Die stolze Großbank meldete sich sehr schnell von selbst. Die Hundertprozent-Finanzierung aller Um- und Ausbauten, aller Anlagen und Neubauten hatte der liebe Orlando im Namen und auf Rechnung der Familie Fischer vorgenommen. Die

Gesamtlast der Hypotheken betrug rund 18 Millionen Euro, die monatlich fälligen Zinszahlungen beliefen sich auf …

Von den horrenden Mieteinnahmen der letzten Jahre fehlte hingegen jede Spur. Die hatte der saubere Herr von B. wohl anderweitig verbuchen lassen, nämlich auf seinen eigenen Konten – vielleicht bei der International Transfer Services Ltd.?

Ilse ging durch das Kuhstall-Management-Center, durch das Gemüsegarten-Gästehaus, durch Orlando von Buttjes Nobel-Bungalow – alles menschenleer und völlig nutzlos. Sie konnte es einfach nicht fassen! Dabei war doch dieser Orlando ein so feiner Mensch gewesen! Er hatte doch geradezu etwas Adliges an sich. Und jetzt – - vielleicht hieß der Kerl gar nicht „von" …

Wie zu erwarten, kündigte die Deutsche Bank alle Kredite und Hypotheken von einem Tag auf den anderen, setzte das gesamte Anwesen als Sicherheit ein und schrieb es zur Versteigerung aus.

Die Fischers durften mit ihren fünf Kindern, die sie Hals über Kopf aus dem Heim geholt hatten, vorübergehend in der Ferienwohnung des Bürgermeisters wohnen, denn immerhin hatte die Gemeinde durch den Skandal in den Medien einige Aufmerksamkeit erregt, und man erhoffte sich daher ein wenig Fremdenverkehr zu den Hundertjahr-Feiern; also brauchte man die Fischers – zum Vorzeigen.

Willem besuchte jeden Tag das kleine Grab seines geliebten Katers. Einmal ging Ilse mit, und als sie sah, wie sehr er immer noch trauerte – ja, dass ihm der Verlust des Tieres näher ging als der Verlust ihres ganzen Vermögens und ihrer Zahlungsfähigkeit auf Lebenszeit! -, da erinnerte sie sich an die Idee mit dem UTS, dem Unsichtbaren Tierschutz-System. Es war für Ilses Verhältnisse eine eher bescheidene Idee, dieser elektronische Schutz für Haustiere, vor allem für Hunde und Katzen: Ein isolierter Draht wird um das Grundstück gelegt und mit einem minimalen Strom gespeist, der ein breites Induktionsfeld verursacht. Das Haustier bekommt ein Halsband mit einem kleinen Empfänger und einer Mini-Batterie. Nähert es sich dem Induktionsfeld, hört es einen unangenehmen Warnton, der für menschliche Ohren und andere Tiere – ohne das Halsband – nicht wahrnehmbar ist. Das Tier kehrt um und ist so vor allen Gefahren geschützt.

Von dieser Idee, die Ilse mit einem Elektriker in Pollern ausgeheckt hatte, war Willem endlich mal begeistert. Sofort nahm Ilse Kontakt zum führenden Tierfutter-Hersteller auf, um dem System mit dessen Hilfe einen Riesenmarkt zu erschließen. Dort, bei dieser amerikanischen Firma, erfuhr sie, dass derartige Schutzanlagen in den USA ein alter Hut sind. Nie und nimmer würde sie dafür ein Patent bekommen.

Fischers älteste Tochter, eines der missratenen Naturkinder, wurde mit siebzehn ein Megastar der Pop-Musik und verdiente mit ihrer Band – „Fischer and Friends" – so viele Millionen, dass sie ihren Eltern leicht einen schuldenfreien Lebensabend finanzieren konnte.

Doch sie dachte gar nicht daran.

***

(Der Autor wurde zu dieser Geschichte durch ähnliche Ereignisse in der Gemeinde 25870 Norderfriedrichskoog angeregt. Die Personen sind jedoch frei erfunden.)

Die Antwort

Es war ein strahlender Spätnachmittag. Die vier Mitfahrer schauten zu, wie der Ballonführer und sein Assistent den Heißluftballon für die gebuchte Ausfahrt vorbereiteten, fassten auch mit an, so gut sie konnten. Die silberne Hülle spannte sich schließlich – Himmel, war so ein Ballon groß, wenn man ihn am Boden sah!

Mit einiger Mühe kamen die Neulinge über den hohen Korbrand. Und schon begann der Korb, vom Ballon hochgezerrt, über den Wiesenboden zu schlittern. Rasch löste der Assistent das Halteseil zwischen Ballon und Begleitfahrzeug. Und auf ging's!

Sie sahen das nahe Dorf wegtauchen, überquerten – noch recht niedrig – einen kleinen See und erblickten über den Baumkronen das nahe Vorgebirge.

Die vier Passagiere waren Dozenten der juristischen Fakultät. Einer von ihnen hatte gerade einen lange ersehnten Aufstieg geschafft, und dieser Ballon-Aufstieg war das sinnige Geschenk seiner Kollegen.

Juristen sind, von ihrer Mentalität her, selten Abenteurer. Umso aufregender fanden sie das Geschehen. Fantastisch: Völlig lautlos und ohne jeden Fahrtwind bewegte sich der Ballon über die Spielzeuglandschaft.

Die Sicht wurde leider schlechter. Über den Hängen der Vorberge stieg – erstaunlich früh – Abendnebel auf. Immer häufiger geriet der Ballon in Nebelschwaden. Die Passagiere beschlich ein mulmiges Gefühl. „Das entwickelt sich hier ja zum Blindflug", rief einer von ihnen. „Man sagt nicht Flug", belehrte der Ballonführer, „ein Ballon fährt." – Seltsame Ausdrucksweise, dachte ein anderer der Juristen, „fährt" – ohne Räder? (In dieser Profession spielt ja das präzise Formulieren eine wichtige Rolle.)

„Mein Gott, treiben wir etwa auf die Berge zu?", entfuhr es dem Dritten. – „Nein, der Wind kommt ja quer zum Gebirge", erwiderte der Ballonführer, „beruhigen Sie sich!" – Dieser Vorschlag bleibt immer ohne Wirkung, darauf kann man sich verlassen. – „Woher wissen sie das mit dem Wind?", hakte der Fragesteller erregt nach. „Man spürt doch gar keinen!" – Der Ballonführer feuerte ein wenig, so dass der Ballon höher ging.

Die Erde war inzwischen verschwunden. Nur noch weiße Brühe! So etwas ist gerade für Jura-Studierte schwer zu ertragen. Für sie zählen erkennbare Fakten, klare Gesetze. Doch in diesem Fall war der Fakt höchst undurchsichtig, und das Gesetz des Handelns hielt ein kaum bekannter Dritter in der Hand, der Eigner dieses monströsen Flug-, nein Fahrgerätes.

„Lieber Himmel," (aber auch der war entschwunden!) „wenn man doch aussteigen könnte!" Angst ist ein Gefühl, das Juristen noch mehr Angst macht. „Sicher haben wir längst die Orientierung verloren! Vielleicht ist es möglich, sich abzuseilen?!"

In diesem Augenblick riss die Nebeldecke auf. Und fast genau unter dem Ballon entdeckten sie ein paar Spaziergänger, die auch gleich fröhlich heraufwinkten. Der beschenkte Dozent formte die Hände zu einen Trichter und rief, so laut er konnte, herab: „Wo sind wir? – Wooo sind wiiir"?

Die Antwort kam unverzüglich: „In einem Ballon!
In einem Ballon!!"

Da fühlten sich die Vier gleich viel besser. Ja, sie waren geradezu befreit von ihrer Angst. „Das müssen Leute wie wir sein. Wir sind unter Kollegen!" – „Wie kommen Sie denn darauf?", fragte der Ballonführer, während der Nebel das Fahrzeug wieder umfing. „Ganz klar! Da unten, das sind bestimmt ebenfalls Juristen, Leute mit Durchblick. Man erkennt es an ihrer Antwort: Sie kam prompt, war präzise formuliert und inhaltlich korrekt." – Der Ballonführer: „Aber doch vollkommen nutzlos!" -„Na und? Das ist oft so in unserem Metier." -

Zwanzig Minuten später hatten sie wieder festen Boden unter den Füßen.

Beinahe-Love-Stories

Kunststücke

Am See vor der Stadt herrscht wochentags kaum Betrieb.
Ja, an den Wochenenden, da sind die Liegewiesen, Bade-
stellen, Parkbänke, Grill- und Spielplätze des Volkes wah-
rer Himmel. Doch heute haben wir Mittwoch, nebeltrübe
Witterung, und es ist, wie die Wetterfrösche zu sagen
pflegen, für die Jahreszeit zu kühl.

So sah niemand, wie ein junger Mann, angefeuert von
seiner Begleiterin, mit einem Stöckchen quer im Mund,
durch den Kriechtunnel aus lila Kunststoff robbte, der zu
den Attraktionen des Abenteuerspielplatzes zählt.

Dieser albernen Szene waren noch andere befremdliche
Aktionen vorausgegangen, die sich nicht oft an einem
verlassenen Seeufer abspielen, etwa diese: Die hübsche
junge Dame hält das erwähnte Stöckchen waagerecht
vor sich hin, einen knappen Meter über dem Rasen, und
ihr Freund ergreift beidhändig seinen Hund, um ihn mit
kräftigem Schwung meterweit über das Hindernis zu
schmeißen!

Dabei hatte alles ganz normal angefangen: Die Drei
schlenderten den Uferweg entlang, zwei Menschen Hand
in Hand, ein Hund, stets ein wenig voraus, mit einer Frisbee-Scheibe im Maul.

Dieser Hund war eine drollige Mischung: deutlich zu groß
für einen Dackel, eher zu klein für einen Schnauzer, mit
einer Körperform zwischen drahtig und dicklich, ein junges Tier noch, aber kein Welpe mehr. Ein spaßig-verspieltes
Wesen, dieser Dackelschnauzer!

Sein „Herrchen" befand sich – nach menschlichem Maßstab – etwa im gleichen Alter, und auch sonst hatten die beiden mancherlei Ähnlichkeiten – wie es ja zwischen Herr und Hund sprichwörtlich ist.

Er rief ihn „Schnauzi", und Schnauzi reagierte darauf mit Entzücken, was ganz entzückend anzusehen war.

Der Uferweg ist zum Badestrand hin gesäumt mit einer dichten Hecke. Schnauzi machte aus diesem Hindernis eine Art Slalomstrecke für sich, sprang – immer mit der Frisbee-Scheibe im Maul – hinüber, herüber, hinüber, machte dazwischen jeweils ein paar jagende Schritte, fast Hüpfer, oder trippelte kopf- und brust-schüttelnd ein paar Meter, und das war sichtlich ein Schütteln der Freude und des Vergnügens.

Ein Hund, und sei er noch so städtisch aufgewachsen, bewahrt ja oft einen gewissen Jagdtrieb; darum stellt solches Springen, Hüpfen, Tänzeln für ihn eine nützliche Übung dar, ein sinnvolles Körpertraining – für den Fall, dass ihm doch mal ein echter Fuchs oder Hase vor das Maul kommen sollte. Kurz: Schnauzi war in seinem Element!

Von Zeit zu Zeit schleuderte er sogar seine symbolische Beute, die Frisbee-Scheibe, mutwillig in die Gegend, drehte sich jauchzend einmal um sich selbst, um Sekundenbruchteile später den Hasen-Ersatz wieder zu schnappen. Der Begriff Spring-ins-Feld fiel einem unwillkürlich ein, wenn man Schnauzi so sah.

So glücklich der Hund war, so stolz war sein Herr! Glücklich der eine, weil er sich hundstoll austoben und zugleich seinen Menschen gefallen konnte, stolz der andere, weil er mit seinem vierbeinigen Kumpel, dem wohlgeratenen, der zweibeinigen Freundin schon sehr imponierte. Denn auch die schloss, wie üblich, vom Hund auf den Herrn.

Man gelangte an eine Badestelle. Es war wirklich ein ziemlich kalter, grauer Tag. Und doch beschlossen die beiden Verliebten, sich in das kühle Nass zu begeben. Der Grund war wohl weniger das frostig wirkende Wasser des Sees, als die Begleitumstände, die das Vorhaben mit sich brachte; die reizten mehr, als die Temperatur abschreckte. Unnötig zu sagen, dass Schnauzi die Idee bellend begrüßte – er hatte ja ein dickes Fell.

In einer Umhängetasche trug Friederike – so hieß das schlanke Reh – vorsorglich ihr Badezeug mit sich. Hannes, ihr Freund, hatte morgens gleich seine Schwimmhose angezogen und musste sich also gar nicht umkleiden.

Ja, das Umkleiden in freier Natur! Rieke – so nannte Hannes sie, weil es moderner und intimer klang (außerdem war es kürzer) – Rieke pflegte für diesen delikaten Vorgang einen bunt gemusterten Frotteeschlauch zu verwenden, den ihr jemand schulterhoch halten musste, auf dass sie, vor fremden Blicken geschützt, sich der Oberkleidung und der Dessous entledigen und mit ihrem Minimal-Bikini versehen konnte.

Der Schlauch-Halter war also Hannes. Und der Jagdtrieb, den auch der noch so städtisch aufgewachsene Mann bis ins Alter bewahrt, wurde dank dieser Serviceleistung signifikant gesteigert. (Seine potentielle Beute, Friederike, spürte und genoss das!)

Dann in den See! Er: prustend, spritzend, männlich-wild um sich schlagend. Sie: vorsichtig staksend, kurz und scheu untertauchend, dann dahin gleitend in langen

Zügen, so dass ihr vortrefflicher Körper in jeder Sekunde optimal zu Geltung kam.

Allerdings: Beide machten es kurz, denn es war – bei aller Liebe – einfach lausig kalt. Und außerdem kam jetzt ja das Beste: das Abtrocknen! Noch einmal trat jener Frotteeschlauch in Aktion, an dem – was gar nicht erwünscht war! – Schnauzi klitschnass empor sprang, so dass der schlotternde Hannes seine Rieke kaum mit der nötigen Hingabe trocken massieren konnte. (Seltsam, wie viel Abkühlung Verliebte ertragen, ohne dass die Hitze nachlässt!)

Immerhin sehnten sich die Ausgekühlten jetzt nach körperlicher Betätigung, um den Wärmehaushalt wieder auf Touren zu bringen. Und auch Schnauzi sehnte sich – wie immer – nach „Action"!

Der vormittäglich verlassene Abenteuerspielplatz lag nur eine kurze Strecke entfernt: halb verrostete quietschende Schaukeln, eine Mini-Seilbahn von Baum zu Baum, per Hand herumzuwirbelnde Sitz-Karussells, diverse Klettertürme, eine schwankende Seilbrücke, der Schwebebalken, Baumhäuser und ein fünf Meter langes Tarzan-Tau – alles, was sonst, an den Wochenenden und in den Ferienzeiten, hundert Kindern als Selbsterfahrungs- und -darstellungs-Arena diente, hatten Rieke, Hannes und Schnauzi heute ganz für sich allein.

Vom Jagdtrieb des Hundes war schon die Rede. Für Schnauzi erwies sich dieser Spielplatz als wahres Dorado, und man konnte nur staunen, wie ähnlich die Sprung-, Kletter-, Wipp- und Schaukelgelüste eines Vierbeiners und junger Menschenkinder sind! Und wenn Hannes die Frisbee-Scheibe genau in dem Augenblick hoch zum Himmel warf, in dem Schnauzi die schwankende Seilbrücke besiegt hatte, dann war dessen Jagdglück vollkommen.

Vom Jagdtrieb des Mannes war ebenfalls schon die Rede. Mit seinem Hund anzugeben, genügte Hannes nicht mehr. Er musste jetzt selbst Witterung aufnehmen, verfolgen, zur Strecke bringen. Rieke, das Reh, sah dies völlig klar. Und wenn sie Hannes in die Augen blickte, las sie dort wie in einem offenen Buch, und die Botschaft lautete: Ich will dich!

Doch wie das so ist: Vor den Erfolg hat der liebe Gott (Gott weiß, warum) Prüfungen und Bewährungen gesetzt. Dies war auch Friederike geläufig.

Hannes sagte betont harmlos: „Komm, wir legen uns da auf die Wiese; du magst doch gern kuscheln." – Rieke: „Aber wenn jemand kommt!" (Es galt, Zeit zu gewinnen.) – „Ach was, hier kommt keiner." – „Aber wenn!" (Und so weiter.)

Schnauzi lag leicht erschöpft im Gras, ließ die Zunge raushängen und dachte: „Treibt, was ihr wollt!"

Das Training, das er vollführt hatte, auf der Wippe, den Schaukeln und Karussells, brachte Rieke auf eine Idee: „Hannes, ich bin jetzt die gute Fee aus dem Märchen. Und wenn ich dir einen Wunsch erfüllen soll, oder gar mehrere, musst du erstmal drei Aufgaben lösen – nur so kannst du mich erringen!"

Sofort nahm Hannes die Haltung an, die man bei Schnauzi „fröhliche Erwartung" genannt hätte.

„Meine Aufgaben sind sehr leicht, und dein Schnauzi wird dir ganz bestimmt dabei helfen. Bist du bereit? – Dann lass ihn dort über den Schwebebalken springen!" – Hannes grinste. So können nur Männer grinsen, die ihrer Sache absolut sicher sind.

„Los, Schnauzi", rief Hannes neben dem Schwebebalken, „spring!" – Doch was tat der kleine Kerl? Er sprang keineswegs über das Hindernis, das nicht mal einen Meter hoch war. Er dachte gar nicht daran, auch nicht nach wiederholtem Befehl – Schnauzi sprang nicht! Er lief einfach unter dem Schwebebalken hindurch. Er hatte das Hindernis bewältigt, aber auf hunde-logische Weise! Schließlich war dieser Balken keine undurchlässige Mauer, kein fester Zaun, keine dichte Hecke ...

Die gute Fee lächelte nachsichtig. Dann griff sie nach einem kurzen Ast, der gerade in Reichweite lag und sagte: „Vielleicht ist dem Hund der Balken zu dick. Er soll über dies Stöckchen springen." Sie hielt es waagerecht etwa in Kniehöhe. Hannes lockte auf der anderen Seite mit einem Leckerbissen, den er aus seiner Anoraktasche hervorgezaubert hatte, und rief beschwörend: „Spring, Schnauzi, spring endlich!" Doch – hol's der Teufel! – das Tier lief unter dem Stöckchen hindurch, als wollte es sagen: Wir sind hier doch nicht im Zirkus.

Rieke gefiel das. Ein Wesen, das dem Herrn Hannes etwas entgegensetzte, nämlich das eigene Wesen – das wollte sie selber gern bleiben.

„Oh, Hannes, die gute Fee ist enttäuscht. Aber du sollst noch eine Chance haben: Befiehl deinem Hund, dies kleine Stöckchen durch die lila Röhre dort zu tragen. Das ist doch wirklich nicht schwer."

Folgsam kniete Hannes an dem einen Ende des Kriechtunnels nieder, gab Schnauzi das Ästchen ins Maul und brüllte: „Fass, fass!!" – Als ob er den imaginären Fuchs direkt vor Augen hätte, stürzte sich der Hund in die Röhre – doch das Stöckchen, das ließ er vorher fallen.

Noch ein Versuch! Diesmal warf Hannes den verdammten Ast ein kleines Stück in den Tunnel hinein, eh er den Befehl zum Jagen gab. Brav rannte Schnauzi los, Hannes raste zum andern Ende, Schnauzi tauchte auf – ohne Stöckchen.

Rieke schüttelte den Kopf. „So wird das nichts. Du musst es ihm vormachen, Hannes." Und sie reichte Hannes ein anderes Aststück. Der zierte sich: „Das ist doch blöd." – „Die gute Fee erfüllt deine Wünsche nur, wenn du auch ihre erfüllst – so ist das nun mal."

Zum Glück sah niemand zu, als daraufhin ein – zum Glück sehr schlanker – junger Mann, mit einem abgebrochenen Ast quer im Mund, durch eine lila Kunststoffröhre kroch, während seine hübsche Begleiterin und ein quiekender Hund anfeuernd daneben herliefen.

Dies könnte das Ende der Geschichte sein. Doch müssen wir uns wohl noch fragen, warum Schnauzi, der sonst so Folgsame, bei diesen drei Kunststücken nicht hatte mitspielen wollen. Eben – weil es Kunststücke waren! Ja, Späße, Spiele, die für den normalen Hundeverstand einen Sinn ergaben, dafür war Schnauzi immer zu haben. Doch warum sollte man über einen Balken oder über einen Stock springen, wenn es viel leichter war, darunter durchzulaufen? Und bei der Jagd nach dem Fuchs in seinem Bau konnte man doch keinen Ast im Maul gebrauchen! Wer bei so etwas gehorcht, der macht sich doch zum Narren!

Und wer will das schon, nur weil es dem Herrchen oder Fräulein grad gefällt.

Diese Frage beschäftigt im Innersten auch Friederike. Und plötzlich empfand sie für den allzu folgsamen Hannes eine ganz leise Verachtung. Doch da sie selbst ihn ja zu seinem närrischen Verhalten angestiftet hatte, verzieh sie ihm mit halbem Herzen. Und ebenso halbherzig gewährte sie ihm dann, abends daheim, die in Aussicht gestellte Belohnung: sich.

Glücklicher Hannes!

Mit zuckenden Gliedmaßen und lautem Stöhnen träumte Schnauzi derweil in seinem Körbchen von dem Fuchs oder Hasen, den er – - ja ... jaa ... jaaa ... jetzt! – - endlich gefasst hatte.

Semantik

Ich saß mit meinem Freund Axel beim Irish Whisky im Café au Lac.

Er: Ich habe eine neue Freundin, toll, was? Habe gerade ein bildhübsches Mädchen kennen gelernt.

Ich: Sprichst du von einer Person? Oder von zweien?

Er: Von einer natürlich, von meiner neuen bildhübschen Freundin.

Ich: Ach so. – Wann hast du sie kennen gelernt?

Er: Gestern.

Ich: Gestern erst? Und warum hast du dir gerade dieses Mädchen ausgesucht?

Er: Na, Mann, sie ist bildhübsch!

Ich: Darauf kommt es bei einer Freundin doch nicht so an.

Er: Mir schon! Ich liebe hübsche Frauen.

Ich: Moment, du sagtest doch, es sei eine Freundin.

Er: Ja, eine bildhübsche. Das ist doch toll!

Ich: Aber woher weißt du in einem einzigen Tag, dass sie sich als Freundin eignet?

Er: Das weiß ich in einer Sekunde! Man nennt das Liebe auf den ersten Blick.

Ich: Du redest wohl doch von zwei Personen: einer Freundin und einer Liebsten.

Er: Nein, verdammt noch mal! Ich rede nur von Andrea – so heißt sie.

Ich: Und findet diese Andrea denn auch, dass du für sie ein getreuer Weggefährte sein wirst, ein Vertrauter und Helfer, ein zuverlässiger Kamerad?

Er: Keine Ahnung. Sie sagt, ich wär ihr Typ.

Ich:	Und woher weißt du so schnell, dass du ihr ein getreuer Weggefährte, ein Vertrauter und Hel – –
Er:	Was redest Du? Ich will ihr Kerl sein!
Ich:	Na ja, du hast gesagt, sie sei deine neue Freundin. Das Wort ist die weibliche Form von Freund. Und das Wort Freund definiert sich nun einmal so: getreuer Weggefährte, Vertrauter und Hel – – –
Er:	Mann, versteh mich doch! Ich bin v e r l i e b t !
Ich:	Aha. Das ist natürlich etwas anderes, etwas ganz anderes.
Er:	Wieso?
Ich:	Verliebt sein, das hat mit Freundschaft nicht viel zu tun. Das bedeutet: entzückt sein, begeistert, hingerissen, besessen, vernarrt, entflammt – kurz, du bist ein Narr, dessen Seele in Flammen steht.
Er:	Genau! Und ihr geht es ebenso, glaub ich.
Ich:	Aber: Dann kann sie nicht deine Freundin sein. Und du nicht ihr Freund.
Er:	So ein Quatsch!
Ich:	Oh, nein. Denn zur Freundschaft gehört, dass man einander gut kennt, einander richtig einschätzt, Sympathie, aber auch Kritik entwickelt, den andern sorgsam beobachtet und ihn – nötigenfalls – freundlich korrigiert. Aber bei dir handelt es sich doch wohl eher um einen Fall von Anbetung, Begehren, Eroberung. Wie kannst du das nur verwechseln?
Er:	Zu einer guten Partnerschaft gehört aber doch auch Liebe!
Ich:	Hoppla, noch zwei dicke Begriffe! Partnerschaft und Liebe – da könnte man fast schon von einem Gegensatz sprechen.
Er:	Du spinnst ja!

Ich:	Kaum. Partnerschaft, das bedeutet so etwas wie Teilhabe, gemeinsames Bewältigen einer Aufgabe und Nutznießen des Ergebnisses. Für viele Ehen ist das ein ganz brauchbarer Begriff.
Er:	Ehe und Liebe – das schließt sich doch nicht aus!
Ich:	Und auch nicht ein. Glaubst du wirklich, dass alle Kompagnons, Gesellschafter, Teilhaber – ob männlich oder weiblich – sich lieben? Nein, das gemeinsame Interesse verbindet sie, die Ergänzung ihrer Fähigkeiten. Liebe stört da mehr als sie hilft.
Er:	Warum? Mit Liebe geht doch alles besser!
Ich:	Welche Art Liebe meinst du? Mutterliebe, Geschlechterliebe, Nächstenliebe, Eigenliebe?
Er:	Ich meine Zuneigung, Sympathie, Hochachtung, Hilfsbereitschaft, gern zusammen sein, gleiche Interessen teilen, Schönes miteinander erleben.
Ich:	Bist du sicher? – Wenn deine Andrea ein Andreas wäre, auch dann könnte eure Beziehung dies alles umfassen. Und doch: Andrea ist dir lieber, nicht wahr? – Weshalb?
Er:	Weil sie eine Frau ist!
Ich:	Eben. – Wir haben die ganze Zeit von Eros gesprochen, sonst nichts! – Weißt du, die richtige Wortwahl ist wichtig, wenn man sich verstehen will – sich selbst und einander.

In diesem Augenblick öffnete sich die Tür. Andrea trat ein. Zweifellos ein bildhübsches Mädchen. Axel sprang auf.

Er:	Da bist du ja schon! Ist die Vorlesung ausgefallen?
Sie:	Ja, zum Glück.
Er:	Was war's denn?
Sie:	Se-man-tik, Wortklauberei!

Ein Frühstück in Lappland

Droben am Polarkreis sind die Winter sehr lang, sehr kalt, sehr dunkel, die Sommer dagegen erstaunlich warm, wunderbar heiter und hell. Doch die schönste Jahreszeit ist der kurze Herbst, der Ruska: Zwei Wochen Anfang September, wenn die Mücken des Sommers endgültig weg sind, die Blätter der Bäume plötzlich erglühen, die Herzen den Sommerflirts nachtrauern und schon die Last des kommenden Winters spüren – das ist der romantische Ruska.

Peter Holzer und ich waren von unserer Redaktion nach Lappland hinauf, ins Inari-Gebiet geschickt worden, um dort eine Reportage über samische Kultstätten und ein halb vergessenes Goldgräber-Dorf zu recherchieren. Goldfieber im Norden Finnlands – ja, die Leser des Hochglanz-Magazins GLOBE lieben solche ausgefallenen Themen. Wir beide hatten dafür schon den halben Erdball umrundet, wenn nicht mehr; Peter als Fotograf, ich als Autor der jeweiligen Story. Diesmal also Lappland im Ruska!

Von Hamburg aus waren wir vor drei Tagen nach Helsinki, dann weiter nach Rovaniemi geflogen und schließlich – mit einem Propeller-Maschinchen – nach Ivalo am Inarisee. Dieses buchtenreiche Gewässer hat nicht weniger als dreitausend Inseln. Uns aber interessierte vor allem eine davon: Ukonkivi, eine alte Kultstätte der Samen. Diese Minderheit in Lappland – mit unklarer Herkunft, eigener Kultur und Sprache – macht hier ungefähr zehn Prozent der Bevölkerung aus. Wir erlebten einen Abend mit samischer Lyrik, vorgetragen auch auf Finnisch und Englisch zu den Klängen seltsamer Musikinstrumente, von denen ich nicht einmal den Namen kannte.

Dann waren wir mit einem Mietwagen nach Tankavaara aufgebrochen. Über dreihundert Gramm sollen die Goldnuggets gewogen haben, die man dort noch vor ein paar Jahren aus dem Schlamm des Lemmenjoki-Flusses herausgesiebt hat. Nach einem Abstecher in den Nationalpark an der russischen Grenze mussten wir geduldig ein Dutzend Rentierherden passieren lassen, die ungerührt die Straße kreuzten, geleitet von ebenso ungerührten samischen Hirten.

In dem Goldgräber-Städtchen faszinierten Peter Holzer die nostalgischen Hütten und Kneipen, der morbide Charme der ehemals farbigen Holzfassaden, und er entfaltete sein ganzes bildnerisches Talent, um all dies ohne touristische Schönfärberei einzufangen. – Die Arbeit war also getan; der private Teil der Story kann beginnen.

Man wird diese Geschichte allerdings kaum verstehen, wenn man nicht weiß, was für ein Mensch Peter ist. Ja, ein feiner Kumpel, ein fabelhafter Bildgestalter, ein angenehmer Reisebegleiter ist er, aber das meine ich nicht. Was ich meine, ist gar nicht so leicht zu beschreiben. Peter Holzer kann man nur einen großen Jungen nennen, trotz seiner fünfundvierzig Jahre. Er strahlt vor Jugendlichkeit, Frische, Charme und Temperament. Doch nicht nur andere werden spontan von ihm verzaubert. Auch er selbst nimmt Menschen, Landschaften, Ereignisse viel intensiver wahr als jeder, den ich kenne. Der besondere Reiz unserer Reportagen beruht weit mehr auf dem Gefühlsgehalt, der Ausstrahlung seiner Fotos, ihrer sensiblen Ästhetik, als auf meinen Texten.

Solche Empfindsamkeit hat freilich auch ihre Schattenseiten: Peter ist nicht nur spontan, sondern auch chaotisch, nicht nur enthusiastisch, sondern auch vergesslich und ohne jedes Zeitgefühl. Unsere komplizierten Reisen, die manchmal abenteuerlichen Umstände unseres Aufenthaltes, die Unwägbarkeiten fremder exotischer Sitten und Gebräuche – ohne mich könnte er dies wahrscheinlich gar nicht meistern. Kurz: Wir sind ein ideales Team!

In Lappland allerdings, dort oben im Inari-Gebiet – hatte Peter die Nase vorn. Denn dort war er schon vor gut zwei Jahren einmal gewesen, für eine Mittsommernachts-Reportage, und zwar ohne mich; ein Kollege hatte mich vertreten. Zu meiner Überraschung sprach Peter sogar ein paar Worte samisch.

Die Arbeit war also getan, und als wir zum Flughafen Ivalo zurückfuhren, entschlossen wir uns, doch noch einmal zu übernachten. Mit etwas Glück fanden wir in einem Dorf an der Strecke tatsächlich Quartier, und zwar in einer winzigen Pension mit drei oder vier Zimmern. In der geradezu betäubenden Stille schliefen wir fast bis zehn Uhr morgens. Dann – als wir zum Frühstück hinuntergingen – trat Eeva in unser Leben, von der ich freilich noch nicht wusste, dass sie so hieß.

Die Pension hatte natürlich kein Restaurant, nicht einmal einen Frühstücksraum, und das Zentrum der Lokalität war zugleich Halle, Lounge, Rezeption, Frühstückszimmer, Kneipe sowie auch der Tante-Emma-Laden des Dörfchens! Unter den Augen einer bilderbuchreifen Oma hinter der Theke nahmen wir Platz an einem der drei Tische „für Gäste". Und zwei Tische weiter saß Eeva mit ihrem Kind.

Über Peters Ausstrahlung auf andere Menschen habe ich schon berichtet. Seine Wirkung auf junge Frauen ist aber geradezu unheimlich. Mit meinen sechzig Jahren bin ich ja über dergleichen schon fast hinweg; sonst müsste ich den Kerl immerzu glühend beneiden! Nicht er ist es, der die Frauen erobert, sie verfallen ihm wie unter Hypnose. Einmal – ich glaube, es war auf den Bermudas – kam eine dunkle Schöne direkt auf uns zu – genauer gesagt: auf Peter zu, sah ihm unverwandt in die Augen und flüsterte: „Ich bin nicht so hübsch wie manche andere. Darum bin ich allein, ganz allein." – Was sollte er machen? Peter stand auf. Sofort nahm sie seine Hand, und die beiden gingen den Weg hinab zu einem exotischen Park, in dem sie verschwanden – ohne sich auch nur ein einziges Mal nach mir umzuschauen! Nun gut.

Man könnte vermuten, sein umwerfender Charme und die nicht abreißende Kette seiner Erfolge hätten meinen Freund Peter überheblich gemacht. Das Gegenteil ist der Fall! Er schämt sich immer ein bisschen, dass es ihm so leicht gemacht wird. Und er mag es gar nicht, wenn man ihn darauf anspricht oder ihm gar zu seinem Glück gratuliert.

Doch manchmal macht es mir einfach Spaß, ihn mit seinen erotischen Talenten ein wenig aufzuziehen. So auch jetzt!

Eeva war eine Samin von ungefähr dreißig Jahren, angetan mit der typischen rot-blauen Tracht, und hatte ein etwa anderthalb-jähriges Kind auf dem Schoß, ebenfalls schon samisch gekleidet. Der Abstand zwischen ihr und Peter betrug etwa fünf Meter. Und während er sich dem skandinavischen Frühstück ausführlich widmete, verzehrte Eeva ihn mit ihren Blicken. Keine Frau in Mitteleuropa würde sich getrauen, einen Mann so fasziniert anzustarren, aber wir sind hier in Lappland, und es ist Ruska, der romantische Herbst – und es ist Peter!

„Du, Peter", begann ich, „kennst du die Frau da drüben?"
Er blickte auf, kaute sein Brot mit Rentierschinken und
murmelte: „Diese samischen Frauen sehen für uns alle
gleich aus, noch dazu in ihrer Tracht." – Aber ich ließ nicht
locker: „Schau doch, wie sie dich anhimmelt! Komm, du
sprichst doch ein bisschen samisch – sag ein paar Worte
zu ihr!" – Peter kaute. – „Sieh mal, das Kind ist auch ganz
verrückt nach dir! Jetzt spricht sie mit ihm, sicher über
dich. Da! Das Kind zeigt her zu uns, und die Mama lächelt
übers ganze Gesicht. Ich bin sicher, die kennt dich!" – Peter
wandte sich jetzt dem Käse zu. „Ach was! In Finnland sind
alle Leute lieb und nett, nicht so kühl wie bei uns. Und erst
recht im Ruska. Man lächelt sich an, nickt sich gegenseitig
zu. Es gibt sogar einen Gruß, der auf Deutsch etwa heißt:
Glück für dich – Glück für mich! – Das sagen wildfremde
Menschen zueinander."

Natürlich konnte Eeva unsere deutschen Worte nicht
verstehen. Doch Kinder begreifen ja auch ohne Sprache.
Und Eevas Kind reagierte unmissverständlich auf die
Aufmerksamkeit, die es von unserem Tisch her spürte. Es
warf die Ärmchen zu uns herüber, quietschte begeistert
und hob sich im Schoß der Mutter, als wolle es am liebsten
herüberkommen.

„Peter, die Sache hier kommt mir komisch vor. Ich glaube
dir nicht, dass du dieser Frau zum ersten Mal begeg-
nest. Du warst doch früher schon in dieser Gegend – zu
der Mittsommernachts-Reportage vor gut zwei Jahren,
oder? – Warum starrst du in deine Tasse? Schau doch
bitte einmal, nur ein einziges Mal, wie diese Frau dir
zulächelt – wie einem guten Bekannten! Und erst das
Kind – es will zu dir! – Ich finde übrigens, dass es fast
gar nicht samisch aussieht, dieses Kind, eher mitteleuro-
päisch … Wie alt mag es sein? Anderthalb Jahre, schätze

ich." – Peter kaute. – „Peter, gib es zu! Du hast denselben Verdacht wie ich. Diese samischen Frauen sehen für uns alle sehr ähnlich aus, hast du selber gesagt, und nach über zwei Jahren weiß man nicht mehr so genau ... Inzwischen hat sie ja auch das Kind bekommen. Wenn du mich fragst: Es ist dir wie aus dem Gesicht geschnitten!"

Jeder andere hätte mich einfach ausgelacht. Oder mir eine Semmel an den Kopf geworfen. Aber Peter verfiel in Nachdenklichkeit. Hatte ich einen Nerv getroffen? An eine Erinnerung gerührt? Zum ersten Mal blickte er richtig zu Eeva hinüber, zärtlich fast. Er ist eben anders als gewöhnliche Männer. Er hat eine erregbare Seele. Das kann im Leben ein Glück sein. Aber auch ein Fluch.

„Peter! Vor mir musst du doch keine Geheimnisse haben. Rede mit ihr, wenn du dir nicht sicher bist! Und – wenn es so ist, dann tu etwas für die beiden!"

Ich hatte ihn am Arm gepackt. Er entzog sich meinem Griff, stand auf und trat – nein, nicht zu der breit lächelnden Eeva, sondern an einen Spielautomaten, der als symbolisches Kneipen-Utensil in der gegenüber liegenden Ecke des Vielzweckraumes an der Wand hing. Es war einer dieser altertümlichen Apparate, hinter deren Glasfront sich senkrechte flache Schächte befinden, in denen sich genau passende Münzen von unten nach oben ansammeln – vorausgesetzt, die Spieler haben mit den eingeworfenen Münzen in die schmalen Schächte hinein getroffen. Man muss sein Geldstück schon sehr sensibel flippen, damit es in einem der Schächte und nicht in den Zwischenräumen landet. Und Glück braucht man natürlich auch! – Ist einer der Kanäle dann ganz gefüllt, entlädt er sämtlich Münzen, die sich in ihm befinden, mit lautem

Klicken und Klacken in die Auffangschale am unteren Ende des Automaten.

Peter warf eine Finnmark ein, dann noch eine und noch eine. Und – wie für so vieles – hatte er auch für diese Apparatur ein goldenes Händchen. Fünf Mal kurz hintereinander gelang es ihm, einen der Schächte zu entleeren – sogar den letzten, der am weitesten vom Einwurf entfernt und daher am schwersten zu treffen war. Der enthielt die wertvollsten Münzen der finnischen Währung.

Eeva war aufgestanden. Atemlos sah sie zu, was für ein Glück Peter hatte. Das Kind kreischte vor Freude. Die Oma staunte.

Mit beiden Händen voller Münzen trat Peter schließlich zu dem Tisch, an dem Eeva und das Kind gesessen hatten, und leerte den ganzen Schatz auf die Kunststoffplatte. Eeva war sprachlos. Mit den letzten paar Münzen kaufte Peter bei der Alten eine Tafel Schokolade und für das Kind einen kleinen Eisbären. „Glück für dich – Glück für mich", sagte er und ging rasch hinaus, um unsere Koffer zu holen.

Ich zahlte für Nächtigung und Frühstück. Draußen im Flur fragte ich dann die Oma auf Finnisch: „Ist die Dame mit dem Kind auch ein Gast?" – „Nein, das ist Eeva, meine Tochter." – „Und das Kind? Junge oder Mädchen?" – „Ein Junge. Aber es ist nur ein Pflegekind. Ich habe es für sie adoptiert." Ehe ich weiter fragen konnte, kam der kleine Steppke mit seinem Eisbären herbeigewackelt. Mehr aus Höflichkeit als aus Neugier fragte ich: „Wie heißt er denn?" – „Pedar – nach seinem leiblichen Vater."

Ich habe Peter das nicht erzählt.

Demnächst müssen wir beide auf die Insel Lipari, nördlich von Sizilien. Dort wird es dann noch einmal Herbst für uns; dort kommt er ja viel später im Jahr. – Übrigens: Auf Lipari waren wir beide noch nicht.

Geschichten ohne Pointe

Die Besorgung

An dem Tag, als das Jahr zur Neige ging, verließ Erik noch einmal kurz das Haus, um rasch eine wichtige Besorgung zu machen. Er zog seinen dick gefütterten Ledermantel an und die Pelzstiefel, setzte seine Lammfellmütze mit den Ohrenklappen auf und öffnete die Haustür. Draußen herrschten mindestens zehn Grad minus. Aber sein Wagen stand ja ganz in der Nähe. Leider waren die Fenster mit einer Eisschicht bedeckt. Nicht so schlimm, dachte Erik, du hast ja den fabelhaften Eiskratzer mit der arktis-bewähr-ten Metall-Kratzfläche. Er steckte den Wagenschlüssel ins Schloss, doch das war offenbar ein Opfer des Frostes ge-worden. Erik legte die warme Hand darauf, bis sie kalt war, fingerte dann sein Feuerzeug heraus – natürlich steckte es in einer völlig falschen Tasche! – und hielt es gegen das Schloss, bis die Flamme ganz klein wurde. Es half nichts.

Langsam wurde Erik nervös, denn die Geschäfte hatten an diesem Tag nur bis mittags geöffnet, und er war schon spät dran. Dass er das kleine Sprühfläschchen mit dem Enteiser nicht bei sich trug, war ihm schon aufgefallen, als er das Feuerzeug in sämtlichen Taschen gesucht hatte; es musste daheim auf der Garderobe liegen – griffbereit! Zurück laufen? Oder nach vorn zur Tankstelle? Die war zwar etwas weiter. Aber wer geht, weil er einen Fehler gemacht hat, schon gern zurück?

Leider waren die kleinen Enteiser-Fläschchen ausverkauft, und Erik musste eine Halbliter-Flasche nehmen. Na, die würde wenigstens ganz bestimmt reichen! Dass auf dem Gehweg gefährliche Glätte herrschte, hatte er schon be-merkt. Trotzdem setzte er sich beim Rückweg von der Tankstelle in der Eile zweimal auf den Hintern.

Endlich ließ sich der Wagen öffnen, und Erik konnte den arktis-geprüften Eiskratzer herausnehmen. Während er die Frontscheibe und die Außenspiegel notdürftig frei-schrapte, nahm er sich vor, gleich im Neuen Jahr eine fernbedienbare Standheizung und ein Auto mit heizba-ren Spiegeln anzuschaffen oder – noch besser: eine warme Garage zu mieten.

Langsam, aber immer noch zu schnell fuhr Erik das Sträßchen bis zur Hauptstraße entlang und wäre vor der Kreuzung doch beinahe auf einen Porsche draufgerutscht! Glück gehabt, dachte er, ein paar Tausender gespart! – Auf der Einkaufsstraße ging es zu wie verrückt. Was wollten alle diese Leute am letzten Tag des Jahres kurz vor La-denschluss denn noch kaufen? An einen Parkplatz war nicht zu denken. Eine Uhr neben der Straße zeigte Erik, dass er nur noch fünf Minuten Zeit hatte, dann würden die Geschäfte zumachen. Leichte Panik bestimmte sein weiteres Handeln: Er stellte den Wagen in dritter Reihe ab, ließ den Schlüssel stecken und den Motor – bei voll aufgedrehter Heizung – laufen, rannte in das bewusste Geschäft und – stand hinter einer Traube von Menschen, die alle so etwas kaufen wollten wie er.

Einer vor ihm ließ sich ausführlich beraten und führte mit dem Verkäufer, der genervt auf seine Uhr schaute, ein tief gehendes Fachgespräch, während die Verkäuferin ein paar Schritte weiter schon drei oder vier Kunden bedient hatte! Erik trat – bildlich gesprochen – Schaum vor den Mund. Schließlich riss er einen Artikel, den der Fachidiot vor ihm verschmäht hatte, von der Ladentheke und stürzte damit zur Kasse. Die Schlange war gar nicht so lang – ach so, da hinten ging sie noch um die Ecke!

Er versuchte es mit autogenem Training. Ob sein Wagen wohl noch da war? Kam in diesem Augenblick vielleicht gerade der Abschlepper?

Den Laden hatte man längst geschlossen, und die Kunden wurden nach dem Bezahlen einzeln hinausgelassen. Aber so weit war Erik noch lange nicht! Als die Kassiererin immerhin schon in sein Blickfeld geriet, erkannte er, was gemeint ist, wenn man von innerer Gelassenheit spricht. Sie arbeitete nicht schnell, aber konzentriert. Mit großer Ruhe tippte sie zwölfstellige Artikelnummern in ihren Computer, dann natürlich den Preis plus Mehrwertsteuer, fingerte – wobei sie die Summe ablas – mit immer gleicher Bewegung nach einer passenden Tüte, und während der Käufer seinen Einkauf verstaute, zählte sie sorgfältig das Wechselgeld vor. Dabei sagte sie, mit raschem Blick zum Kunden, sogar noch: „Ein gutes Neues Jahr".

Erik schämte sich sekundenlang, dass er den freundlichen Wunsch nicht mal erwiderte, sondern nur noch wortlos zur Tür, auf die Straße und zu seinem Wagen rannte. Da stand er! Im Innenraum war es derweil wunderbar mollig geworden, sämtliche Scheiben hatte die Wärme abgetaut. Geschafft! Nun konnte Erik sich Zeit lassen. Er schaltete das Radio ein, fuhr gemächlich nach Hause, parkte das Auto unter einem mit Raureif bedeckten Baum und ging mit seiner Tüte zum Haus. Aber nicht hinein, sondern um das Haus herum in den verschneiten Garten. Dort legte er den gekauften Artikel auf einen trockenen Stein, holte sein Feuerzeug aus der Tasche und entzündete mit dem letzten Tropfen Gas die Lunte.

Die kleine Rakete zischte, flog ein paar Meter, dann machte es: knall. – Erik war hoch befriedigt.

St. Moritz im März

In St. Moritz gibt es Zeiten und Plätze, da wundert man sich, wenn man jemanden trifft, den man nicht kennt! – Wie viele Prominente mögen es sein, die in der Klatschpresse laufend durch die Mangel gedreht werden? Vielleicht etliche tausend In-People, Schickimickis, Stars und Sternchen, Sportskanonen, Neureiche, Blaublütige. Und die sind in bestimmten Wochen des Jahres, als müssten sie einem rätselhaften Zwang folgen, sämtlich in St. Moritz versammelt, nebst Entourage.

Es wäre völlig unmöglich, wenn normale Besucher oder die Einheimischen von allen diesen Promis Notiz nehmen würden – wie denn auch? Durch ein herzliches „Grüezi, Majestät!", durch spontanen Applaus: „Weiter so, Schumi!" – oder gar durch die Bitte um ein Foto? St. Moritz wäre ja noch mehr ein Tollhaus als es das ohnehin schon ist. Darum gilt dort die eherne Regel, über die bekannten Gesichter, die vertrauten Gestalten, die Götter (und Opfer) der Medienwelt konsequent hinwegzusehen, sie unter gar keinen Umständen als Berühmtheiten wahrzunehmen. Wer dagegen verstößt, muss mit sofortiger Ausweisung rechnen, besonders als Nichtschweizer, und erst recht als Pressemensch!

Nun, ich bin Deutscher, und obendrein Journalist. Ich hatte aus St. Moritz über einen Tourismus-Kongress zu berichten. Das war eines dieser Treffen, auf denen nichts gesagt wird, was nicht schon hundert Mal gesagt worden ist. Und außerdem gab es vorab alle Referate in gedruckter Form. Wozu solche kostspieligen Veranstaltungen überhaupt stattfinden? Ich denke, damit die Teilnehmer auf die erhabenen Berge fahren und in einer der sorgfältig gealterten Hütten einkehren. Das tat folglich auch ich – bei schönster Märzsonne.

Von den Terrassenflächen hatte man einen gigantischen Ausblick über die Gipfel-Symphonie. Es herrschten mindestens fünfundzwanzig Grad – jedenfalls kam es einem so vor. Ich lagerte mich, freizeitlich gekleidet, auf eine der Polster-Chaisen und bemerkte zwischen meiner und der nächsten Terrasse alsbald eine höchst einladende Schneebar. So etwas lasse ich nicht lange auf sich beruhen.

Als ich hinzutrat, näherte sich von der Terrasse auf der anderen Seite der Bar zufällig ein schlanker Herr mittleren Alters. Auch er hatte sich der schwereren Teile seiner Skikleidung entledigt. Er verlangte zwei Glas Champagner, ich bat um eines. Der Barkeeper füllte die drei Gläser etwas zu großzügig. Darum bat mich der Herr, übrigens in feinstem Oxford-Englisch, doch eines seiner Gläser einen Moment zu halten. Dann schlürfte er von dem anderen Glas einen Schluck ab. Ich sage es nochmals: Er schlürfte! Ich gab ihm sein zweites Glas zurück, und wieder schlürfte, ja schlürfte er einen Schluck herunter, woraufhin ich dasselbe mit meinem eigenen Glas besorgte.

Wir schauten uns an. Er hatte ungemein lustige Augen, der Prince of Wales. Ehe er sich umwandte und mit seinen Getränken zurückging zu Camilla (oder??), grinste er bis zu den berühmten Ohren – der Thronfolger grinste! Ich grinste auch. Dann entfernten wir uns wie wir gekommen waren.

***

Wo die Pointe bleibt? – Oh! Pointen haben meist etwas Lautes, Indiskretes oder gar Entlarvendes. Solche Exaltiertheiten sind nichts für St. Moritz. Dort empfindet man schon ein Schlürfen oder Grinsen als reichlich pointiertes Verhalten. – Aber es hatte ja niemand gesehen.

Das unmögliche Getränk

Er war Werbetexter, „Chief Copy Writer" bei McPherson auf der 5th Avenue. Mittags schlenderte er mit Cox und Plissie, beide Art Designer, immer zu Luba's in der 58ten; dort gab es das beste Lachs-Tartar auf Lemon Slices, und zwar von ganz Manhattan – ehrlich! Dazu genehmigt er sich einen Longdrink, meist Wodka-Orange, und zum Ausklang den winzigsten Espresso der Stadt, aber höllenstark.

So war das jeden Werktag. Und der Job in der Agentur war genau so: scheußlich schick und schrecklich öde.

An einem Dienstag beschloss er, mal was anderes zu bestellen. Vielleicht ein Rührei mit Orangenkonfitüre. Oder ein rohes Steak vom Stinktier. Oder gegrillte Dollars in Blutwurst-Soße. Dazu als Drink zum Beispiel Birnensaft mit Ketchup, gequirlte Brühe mit Brandy oder Whisky mit Milch. Bei Luba's würden sie jedenfalls blöde gucken! Ja, mit Cox und Plissie konnte man so was machen.

Stinktier war leider nicht vorrätig, aber Scrambled Eggs on Marmelade – no problem. Dann das Getränk: "Ach Luba, heut nehm ich mal'n Whisky – - – sour."

Verflixt! Er wollte doch Whisky mit Milch bestellen, mit Milch, mit Milch, mit Milch! Gerade diese Idee hatte ihm doch so toll gefallen: Was für eine Wahnsinns-Mixtur! Das Symbol für männliche Abenteuer, verrauchte Pubs, Macho-Jokes am Lagerfeuer, kombiniert mit dem Saft der frommen Denkungsart, der Babynahrung aus der Mutterbrust – endlich mal ein wirklich origineller, geradezu bizarrer Einfall!

Aber eben daran war die Sache wohl gescheitert. Gerade darum hatte er die drei Wörter „Whisky mit Milch" nicht über die Lippen gebracht. „Verdammt, ich bin nun mal zu angepasst", sinnierte er, „ein Werbefuzzi wie tausend andere. Ich muss raus hier! Raus aus Manhattan!"

Am nächsten Tag erschien er nicht bei McPherson, am übernächsten auch nicht. Der Monat ging zu Ende. Man schickte ihm seine Papiere. Doch die kamen zurück. Wohnt hier nicht mehr, stand auf dem Umschlag. Nein, er tourte gerade durch New Jersey, mit seinem silbernen Wohnmobil. Abends, bevor er die breite Schlafwiese darin aufschlug, ging er in Restaurants – vom Fast-Food-Imbiss bis zum Gourmet-Tempel, aß Burger, speiste Crevetten-Cocktails und hatte jedes Mal den festen Plan, die unverrückbare Absicht, endlich dieses unmögliche Getränk zu bestellen: Whisky mit Milch. Aber er konnte es nicht. Er war zu feige, zu anpasserisch, zu opportunistisch – verdammt noch mal! Immer wurde es ein Whisky – - Soda, ein Whisky – - on the Rocks, ein Whisky – - pur.

Nicht nur das Appartement in Manhattan hatte er aufgegeben, seine Freundin verabschiedet, seine Abonnements und seine Konten gekündigt, nein, er verzichtete von jetzt ab auch auf alles, was man Lifestyle nennt. Als er in Kalifornien angekommen war, konnte man ihn von einem gewöhnlichen ‚Mann der Straße', einem dieser poor working people, nicht mehr unterscheiden. Die besseren Restaurants verbaten sich sein Betreten, so dass er nur noch in billigen Schuppen, stinkenden Bratstuben, miesen Trinkhallen fragen konnte nach einem Whisky mit – - Tomato Juice, Chocolate Cream, Worcester Sauce … Es war wie eine psychische Hemmung: ‚Whisky mit Milch', das ging einfach nicht über seine Lippen.

In der Kitchenette seines Wohnmobils hätte er sich natürlich das unmögliche Getränk jederzeit selbst zusammenmixen können. Na schön, dann hätte er gewusst, wie das Zeug schmeckt. Aber darum ging es ja nicht! Es kam vielmehr auf die Souveränität an, etwas so Abartiges in aller Öffentlichkeit, vor Aller Ohren selbstbewusst zu verlangen, als wäre es das Natürlichste von der Welt. Fehlanzeige! Seine Zunge streikte jedes Mal. Er war eben ein totaler Versager!

Las Vegas! Er hatte auf dem Campingplatz im trostlosen Norden der Wüstenstadt Halt gemacht. Immerhin gab es dort Duschen. Adrett und frisch rasiert betrat er eines der halbfeinen Hotels, die ja vor allem Spielhöllen sind. Dazu braucht man in Vegas nicht mehr als ein Paar Sandalen, Shorts und ein Hawaii-Hemd – und natürlich eine Handvoll Dollar. An einem der Einarmigen Banditen versuchte er sein Glück. Und – die Maschine spielte plötzlich verrückt, spuckte kiloweise Münzen aus. Rundherum, an den andern Automaten, großes Staunen! Ein dreiviertel nacktes Girl näherte sich mit einem Tablett und falschem Lächeln. „What will you have? Es gibt hier alles – Sie brauchen nur zu wünschen!" Ihr Ton war etwas zweideutig, eher schon eindeutig. Jetzt zu sagen: „Na dann, einen Whisky mit Milch, Süße", das wär's gewesen, das hätte der Pipimaus die Sprache verschlagen. Und was sagte er? „Einen Whisky – - Orange, bitte."

Es ging so weiter, bis er in Utah, dann in Idaho ankam. Längst hatte er gelernt, sich zu verachten. Er konnte sein früheres Leben gar nicht mehr begreifen. Immer öfter erinnerte er sich auch nicht mehr richtig daran. Und wenn, dann schämte er sich. Was hatte er, der hoffnungslose Schwächling, für eine große Nummer markiert! Wie hatte er, der rettungslose Opportunist, den Avantgarde-Texter vorgegaukelt! Das war ja ekelhaft, wie er den Schickimicki hatte raushängen lassen! Ein Kerl der sich nicht mal traute, irgendwo in der Welt einen simplen Whisky mit Milch zu bestellen – nicht mal in Kanada!

Die unendlichen Weiten des nördlichen Nachbarlandes hatte er – leider erfolglos – hinter sich gelassen. Sein Mobil sah inzwischen aus wie ein Dinosaurier auf Rädern, er selbst wie ein Penner mit üppigem Bartwuchs. Alaska war seine letzte Hoffnung.

In einer Stadt namens Kotzebue parkte er vor einer unsäglich schäbigen Bar. Es war spät abends. Die Lokalität, eher eine Wellblechbude als ein Lokal, hatte eine kaputte Tür und ein kaputtes Mädchen hinter der Theke. Kein einziger anderer Gast! „Hi", sagte er und lümmelte sich an den Tresen. „Hi", sagte das tragische Wesen dahinter, „how are you, darling?" Da bewegte sich die desolate Tür, und ein fetter Kerl kam herein. „Winnie", schrie er, „ich brauch'n Whisky mit Milch!"

Winnie bewegte ihre Hände als wären sie computergesteuert: goss vier Centiliter Scotch in ein Glas, öffnete den Fridge, griff sich die Vollmilchtüte, füllte auf bis kurz unterm Rand und knallte das Glas vor den Fetten hin.

„Mir auch einen", murmelte unser Copy Chief, unser Ausreißer, unser Aussteiger mit der geistigen Blockade.
Und er bekam ihn.

Langsamer als in Kotzebue/Alaska üblich ließ er das Zeug über die Zunge fließen, schmeckte genau hin und dachte bei sich: „Schmeckt wie Whisky mit Milch." Laut und vernehmlich sagte er schließlich, am Ende der Welt: „Kann ich noch so'n Whisky mit Milch haben?" Wortlos trat Winnie in Aktion.

Katzen-Schnurren

Nur ein Schritt

Der Wagen hielt. Bodo öffnete sanft, fast zärtlich die Beifahrertür, schlang die Lederjacke ein wenig fester um sich und stieg behutsam aus. Unter der Jacke – etwa dort, wo das Herz ist – beulte sich das Leder ein wenig. Und genau dort lag Bodos rechte Hand auf der Jacke, eine ganz schöne Pranke. Nachdem er beide Füße auf den Asphalt gesetzt hatte, stemmte er sich langsam hoch, blieb zwei Sekunden stehen und entschloss sich dann, diesmal die Autotür nicht hinter sich zuzuschlagen. Das wäre zu laut gewesen. Und Minnie war sowieso schon ganz nervös; das Schlagen der Tür hätte sie bestimmt noch mehr verschreckt. Schon während der kurzen Autofahrt hatte sich ihrem Mäulchen ein unentwegtes Quieken entrungen, manchmal sogar ein schrilles Kreischen, dann wieder ein tiefes Jaulen. Man sagt immer: Katzen machen miau. Mi-au, das war so ziemlich die einzige Lautfolge, die Bodo noch nie bei Minnie gehört hatte.

Da hockte sie nun, unter seiner Jacke, unter seiner großen Hand, an seiner breiten Brust, hin und her gerissen zwischen warmer Geborgenheit und maßloser Angst. Ja, Katzen hassen Veränderung, jeden Ortswechsel, erst recht per Auto! Bodo wusste das. Aber: Es musste ja sein.

Der Wagen hatte genau vor der Pforte gehalten. Es war ein hohes eisernes Tor mit Elektrodraht auf den Pfosten; wie ein Hochsicherheitstrakt sah das aus. Und auch hier wollte man damit nicht Eindringlinge abhalten, sondern Ausbrechern die Flucht vereiteln. Bodo drückte den Klingelknopf, ein Summer ertönte, und die wuchtige Tür öffnete sich automatisch, geradezu einladend. Bodo aber blieb davor stehen.

Stumm sprach er zu dem Wesen an seinem Herzen: „Ja, du kleine Mausekatze, das ist jetzt so eine Sache. Sollen wir weitergehen durch diese große Tür? Du weißt ja, Türen kriegt man alleine nicht wieder auf. Nur ein Schritt von draußen nach drinnen, und plötzlich ist man gefangen – manchmal sehr lange. Aber es muss sein, mein kleines Schleckerschnäuzchen."

Bodo ist ein kräftiger Kerl, ein mächtiges Mannsbild, und hätte er diese Worte laut gesagt, wäre ein zufälliger Ohrenzeuge bestimmt irritiert gewesen – ein Schrank von Mann mit einer jungen Katze unter der Jacke redet sentimentales Zeug.

Aber Bodo sprach ja nur von Herz zu Herz mit seinem Tier, niemand konnte es hören. Und niemand war da, um ihm zu helfen. So tat er den einen Schritt von draußen nach drinnen, und das Tor schloss sich hinter ihm mit einem saftigen Schmatzen.

Quer lag das Empfangsgebäude vor ihm. Im Hintergrund schlugen die Hunde an, eine Menge Hunde. Minnies Krallen gruben sich in Bodos Hemd und durch den dünnen Stoff in seine Haut. Und eine ganz neue Vokabel kam aus der Tiefe ihrer Seele: „Wiahawioh".

Das Tierheim der Stadt lag etwas außerhalb, mitten in Wald und Wiesen, eigentlich ganz idyllisch. Es hatte auch einen guten Ruf – soweit Tierheime gut sein können. Bodo fühlte sich hier allerdings wie ausgesetzt. Dies war ganz und gar nicht sein Milieu. Er lebte mitten in der Stadt, lebte von der Stadt, von der gedankenlosen Menge in der Fußgängerzone, die – selten genug – ein paar Almosen in seine Mütze geworfen hatte. Mit diesen Massen kannte er sich aus. Sie waren blind, blöd und bar aller Gefühle. Aber seitdem sie das Kätzchen sahen, das aus seiner abgeschabten Lederjacke lugte, funktionierte die Automatik ihrer verblassten Seelen besser, und – süßlich grinsend – zückten sie Silbermünzen! So konnte man leben, zu zweit, ein Mann und eine Katze.

Hier draußen dagegen, fast auf dem Land, noch dazu eingeschlossen in diesen Sicherheitstrakt für Tiere, fühlte sich Bodo wie auf dem Hochseil. Aber: Es musste ja sein. Er öffnete die Tür zum Empfang so heftig, dass sie fast aus den Angeln sprang. Die Frau hinter der Theke blickte erschrocken auf.

Wie jemand, der eine äußerst wertvolle Briefmarke aus einem Umschlag klaubt, nahm Bodo seine Minnie aus der Jacke. Die Beule verschwand. „Das ist Minnie." – Die Frau am Tresen zückte ein Formular. Es ging alles sehr schnell. Dann sagte sie: „Kommen Sie mit!" Sie eilten durch lange hallende Gänge. Das Gebell der Hunde kam näher, wurde wütender. Minnie sträubte sich: „Wiahawioooh!" Bodo drückte seine große Hand noch etwas fester auf das Katzenfell. Dann sah er die hundert anderen Putzies, Fleckies, Charlies, Mickies und Peterles, eng an eng hinter Gittern, und es drehte ihm fast das Herz um. „Mein Schätzlein, es hilft nichts. Auch wenn du gar nichts dafür kannst, hier musst du auf mich warten." Und damit die Frau nicht sehen konnte, dass ihm die Tränen nur so herunter liefen, stellte er sich mit dem Rücken zu ihr, während sie die Klappe eines Käfigs öffnete. „In nicht mal drei Jahren komm ich wieder, meine Süße, um dich abzuholen. Aber dann bist du sicher schon lange nicht mehr hier. Sondern bei ganz anderen Menschen. Und wohnst in einem schönen Haus, mit einem großen Garten."

Abrupt drehte er sich um. „Da!" Und er drückte sein Tier der Frau in die Hand. Dann ging, nein, rannte er zum Ausgang, stieg durch die immer noch offene Wagentür ein und schrie dem Mann am Lenkrad zu: "Fahren Sie los!"

Es war eine lange stumme Fahrt. Bodo ging, wie schon hundert Mal, die Sache, die verdammte Sache durch den Kopf: „Hätte der Wachmann nicht plötzlich die Tür geöffnet und einen Schritt auf mich zu gemacht ..."

Genau vor der Gefängnis-Pforte stoppte der Wagen. Schwerfällig stieg Bodo aus, schritt darauf zu, blieb einen Augenblick in der geöffneten Tür stehen, machte dann den einen Schritt von draußen nach drinnen und verschwand für zwei Jahre, neun Monate – diesmal wegen schwerer Körperverletzung in Tateinheit mit bewaffnetem Raubüberfall. – Das Tor schloss sich hinter ihm mit einem saftigen Schmatzen.

Die kleine Katze Minnie passierte drei Wochen später ihre Schicksalspforte noch einmal. Zwar noch hinter den Gittern eines Katzenkorbs, aber – ohne dies schon zu ahnen – auf dem Weg in die Freiheit. In ein recht schmales Haus mit einem sehr kleinen Garten, aber in die Freiheit.

Von Miezen und Menschen

Ein tierisches Psychogramm

Ich fuhr ins Tierheim, aus traurigem Anlass. Unser Methusalem-Kater war in die ewigen Mäusejagdgründe eingegangen. Und nun wollten wir einem geplagten Artgenossen die Chance seines Lebens geben.

Die Zustände im Tierheim stimmten mich nicht fröhlicher: Zur Zeit vierundsechzig Katzen in winzigen Abteilen und viel zu engen Freilauf-Gehegen; keine Privilegierten ihrer Spezies.

Ein Lichtblick fürs mitleidige Menschenherz: Fast ausnahmslos zeigten diese armen Katzen liebe Gesichter, zutrauliche Mienen, trotz ihres Elends. Auch wenn das Fell da und dort struppig war oder ein Augenpaar tränte, die Körper hatten ihre natürliche Anmut bewahrt, waren – trotz allem – „katzenhaft" graziös geblieben und voll Charme, selbst dann, wenn ein Beinchen hinkte.

Ich fuhr dennoch ohne gute Tat heim – konnte mich einfach nicht entscheiden, welchen von zwei besonders süßen Katern ich seinem zweifelhaften Schicksal überlassen sollte.

Auf der Heimfahrt fragte ich mich, warum ich dort im Tierheim trotz wunder Seele so oft hatte lächeln müssen. Derweil betrachtete ich die Leute in der S-Bahn – müde Pendler, erschöpfte Ausflügler, gestresste Mütter. Sie blickten stumpf vor sich hin, mit grauen Gesichtern, streckten plumpe Körper und Gliedmaßen aus, und wo ein bisschen

Hübschheit zu ahnen war, hatten Mode und Make-up sie gründlich ruiniert.

Auch diese Wesen waren freilich keine Privilegierten ihrer Spezies, eher die nicht so Erfolgreichen, weniger Hoffnungsvollen der menschlichen Gesellschaft. Doch das Gefühl von Staunen und Rührung, das mich bei den Katzen beschlichen hatte und immer wieder liebevoll lächeln ließ, stellte sich hier nicht ein. Hier gab es nichts zu staunen über den Liebreiz von Gesichtern, die rührende Anmut von Bewegungen, die Grazie geschundener Körper. Und ich saß wahrscheinlich genau so grau da wie alle anderen.

Freudig begrüßten mich daheim unsere feliden Hausgenossen – neun, sieben, vier und anderthalb Jahre alt.

Welch ein Trost, so ein wunderweiches Katzenfell. Egal, ob's der 7jährige „Pongo" war, die 4jährige „Flecki", der Katzen-Benjamin „Blubb" oder der Senior „Karate" – ihr Fell war einfach Balsam für die Nerven. Nicht nur für die Enden der menschlichen Tastsinne, nein, auch die Knotenpunkte meiner Seele erholten sich spürbar durch die taktile Therapie des Streichelns, Kraulens und Knuddelns.

Nun ja, Menschen haben ebenfalls taktile Reize, besonders Babys. Sogar ältere Kinder, da allerdings eher die weiblichen. Und ein graziles Mannequin – wenn nicht zu mager – ist auch nicht von der Hand zu weisen! Doch danach, so ab vierzig ... Gut-gut-gut, Menschen sind keine Tiere.

Meine Frau hatte heute ein paar Nachbarinnen eingeladen, inklusive ihrer Männer, aber die fielen kaum auf. Die Damen hingegen begannen sofort, gesprächsweise ihr Leben aufzuarbeiten, ihre Ehe, ihre Krankheiten, die Sorgen mit den Kindern ... Bei den Herren ging's, eher bündig, um Sport, Politik und Frauen (allerdings nicht die eigenen).

Ich saß dabei, eher daneben, sogar neben mir. Und das Nebenmir sinnierte: Was für ein Glück, dass Katzen nie dummes Zeug reden! Aber nicht nur, weil sie keine Sprache haben. Selbst wenn sie parlieren könnten wie Frau Kleinschmidt von gegenüber, quölle einfach nicht so viel Blödsinn aus ihrem Maul.

Warum ich mir da ganz sicher bin? – Na ja, Dummschwätzen ist ja nicht angeboren. Sondern die Folge von mangelnder Bildung, gestörter Selbsterkenntnis, missverstandenen Erfahrungen, verlottertem Geist.

Katzen haben keine Bildung, keine Selbsterkenntnis, keinen reflektierenden Verstand und schon gar nicht Geist. (Darum machen sie keine Erfindungen, schreiben sie keine Romane, führen sie keine Kriege.) Was sie im Leben können müssen, wird ihnen großenteils in die Wiege gelegt, und den Rest erfahren sie schon im zarten Babyalter von ihrer Mami.

Vielleicht spüren wir wegen ihres Mangels an Geist so deutlich die Seele der Katzen!

Jedenfalls sind Klugheit und Dummheit – im menschlichen Sinne – keine tierischen Kriterien. Und folglich könnten Katzen unmöglich solchen Schwachsinn von sich geben wie die Kleinschmidts etc.

***

Unsere „Flecki", inzwischen 4 Jahre jung, haben wir auch aus dem Tierheim. Sie ist eine so genannte Glückskatze:

weiß, schwarzbraun und rötlich. Von wegen Glück! Nur Pech hat sie in ihrem kurzen Leben gehabt, ehe sie bei uns gelandet ist. Einmal ausgesetzt, zweimal vermittelt, zweimal wieder ins Tierheim abgeschoben, den gefährlichen Katzenschnupfen durchgestanden, und – last, but not least – ein halbes Jahr Zwinger-Elend.

Wäre sie ein Mensch, hätte man sicher Verständnis dafür, dass sie nun endlich auch mal auf ihre Kosten kommen, so richtig absahnen möchte, andere zu deckeln versuchte und auch ein bisschen Rache üben wollte für das, was man ihr angetan hat.

Nichts davon bei Flecki. Obwohl ihr Leben wahrlich kein Mäuseschlecken war, blieb ihr Charakter ohne Falsch. Schaut man ihr ins grüne Katzenauge – ein Abgrund an Naivität!

Nun, da ist unser Liebling allerdings keine Ausnahme. Für Niedertracht und Gemeinheit hat das Katzengehirn wohl einfach nicht genug Platz; was für ein Glück! Intrigen zu spinnen, Winkelzüge zu planen, Fallen zu stellen, dafür reicht der Katzenverstand schlicht nicht aus.

Ja, ich weiß: Wir Menschen haben (bzw. sind) da bedeutend größere Kapazitäten!

Kater „Bongo" empfindet panische Angst vor unserem Rasenmäher, trotz seiner siebenjährigen Lebenserfahrung. Immer wieder sagen wir ihm, dass er sich davor nicht fürchten muss, weil doch sein Herrchen das grässliche Ungetüm steuert. Nun ja, vergebens.

Warum hat Bongo eigentliche keine Angst vor mir? Ich bin schließlich noch größer als der Mäher und mache auch laute Geräusche: grelles Lachen, wilde Rufe, brüllendes Niesen, Radiokrach, Fernsehlärm. Natürlich tu ich dem Bongo nichts, aber auch die Mähmaschine hat ihm noch nie etwas angetan.

Wie würden wir reagieren vor einem Riesen, der fünfmal so groß ist wie wir selbst und uns mit einem einzigen Fußtritt oder Handkantenschlag auslöschen könnte? Selbst wenn dies Untier uns täglich eine Hühnerkeule und ein Pils servierte, wir würden uns lieber sonst wo verkriechen als auch noch vor ihm zu schnurren!

Ja, Menschen sind misstrauisch; sie wissen, warum. Hauskatzen dagegen bleiben – meist ihr ganzes Leben lang – zutraulich, geradezu vertrauensselig, selbst dann, wenn ihre Erfahrungen alles andere als ermutigend waren.

Sie lassen sich von uns lärmenden, kraftstrotzenden Riesenkerlen hochheben und herumtragen, kuscheln sich in unsere Arme, schmiegen sich um unseren Nacken, an unsere Seite und drehen uns sogar ihren empfindlichen Bauch zu – ohne Arg, ohne Misstrauen.

Wie kommt das? Dahinter steckt, glaube ich, ein simpler „Gedanke": Wer mich nährt, pflegt und verwöhnt, der ist auf jeden Fall mein Freund. Wer mir so viel Gutes tut, kann nicht böse sein.

Nur: Vertrauen verpflichtet! Und so viel Vertrauen entwaffnet geradezu. Daher sind selbst Menschen, die ihresgleichen grob und gewalttätig begegnen, zu ihren Vierbeinern oft sanft wie die Engel. (Allerdings darf man daraus nicht folgern, dass sie vertrauensseligen

Menschen gegenüber ebenfalls plötzlich zu Lämmern werden.)

***

Heut hab ich Muße, unseren Katzen zuzuschauen bei ihrem Tagewerk. Doch da gibt es nicht allzu viel Aufregendes. (Diese Feststellung ist freilich höchst ungerecht. Denn sie misst den Alltag der Katzen an dem der Menschen.) Oh, was haben wir Zweibeiner vergleichsweise doch für ein aufgeregtes Leben:

60 Minuten Morgentoilette, 2 bis 5 Stunden für Einkaufen, Kochen, Essen, Trinken, Abwaschen, 8 bis 12 Stunden Berufsstress und -frust, 1 bis 3 Stunden „Fahrvergnügen", 2 bis 4 Stunden Ärger über das Fernsehprogramm, die Nachbarn und die Politik, und schließlich 5 Minuten Zähneputzen, ehe wir erschöpft ins Bett fallen. (Wo bleiben hier die Börsenkurse, der Steuerberater, das Homebanking, der Sex?)

Für Katzen sieht der Alltag ganz anders aus: Morgens zweimal strecken, 10 Minuten Kittekat, ein Viertelstündchen „Zungentoilette" (ohne Wasser, Seife, Handtuch, Rasierer, Kosmetik, Fön und und und), 6 Stunden Schmetterlinge jagen resp. Mäuse, 5 Stunden Nickerchen halten, 2 Stunden mit den Menschen spielen und schmusen, ebenso lange gründliche Fellpflege, abends ein leckeres Rinderhack, großes Gähnen und – ab ins Körbchen.

Müssen wir da nicht neidisch oder wenigstens nachdenklich werden, wir mit unserem Ehrgeiz, unseren Zielen, unseren Beziehungen (Doppelsinn!)? Und mit unserer ständigen Angst zu scheitern ...

***

Im Musical „Cats" heißt eines der Lieder „Eine Katze ist kein Hund". Wie wahr! Dem Menschen untertan sein mit hängender Zunge, das gibt es nicht bei Katzen. Sie haben einen wunderbaren Stolz, eine unbezwingbare Eigenständigkeit. In einem einzigen Augenblick mutieren sie vom Schmusetier zum Stromer. Phasen rätselhafter Gleichgültigkeit wechseln unvorhersehbar mit Anfällen stürmischer Hingabe. Sind Katzen etwa gespaltene Wesen? So ist es! Unsere schnurrenden Bettgenossen betrachten „ihre" Menschen als übergroße Katzenmamis, die aus unversiegbaren Futtervorräten schöpfen und sie, die ewigen Katzenkinder, lebenslang bemuttern, ihnen helfen bei Krankheiten oder blutigen Kampfesfolgen ... Oh ja, neben dem lieben Baby steckt ein gewaltiger Krieger und Jäger in ihnen. Und kaum sind sie außer Sichtweite der menschlichen Pflegeeltern, fühlen sie sich sofort in freier Wildbahn, wird ihr erwachsenes Leben zum Kampf um Rang, Sex und Beute. In der stark angeknabberten Maus, die unser Muschilein voller Jägerstolz auf dem Perserteppich platziert, symbolisiert sich diese scheinbare Schizophrenie: Das kleine Raubtier opfert seine Trophäe – fast zur Hälfte! – für uns, seine Versorger. Wir sollten ihm gewiss nicht zeigen, wie entsetzt wir darüber sind. Sondern daran denken, dass dies mit Dressur, wie beim Hund, nichts zu tun hat. Es ist reine „Kinderliebe".

***

Bei meinem nächsten Besuch im Tierheim lernte ich ein typisch kätzisches Doppelwesen kennen. Ich nannte sie vorläufig ganz spontan „Mizzi", die 2jährige Schwarze mit weißem Latz und weißen Stiefelchen. Und mit Augen wie Jade.

Wir verstanden uns auf Anhieb. Beim Menschen würde man sagen: Sie hat Charisma. Wäre sie eine Frau, könnte man nur staunen, wie sie mit ihren Reizen kokettiert. Sie muss eine starke Persönlichkeit sein, um so hemmungslos die Schwache zu spielen. Sie kringelte sich vor Vergnügen, wenn ich sie streichelte – außer am Bauch: da gab es ein kleines Brummen. Und in der nächsten Sekunde sprang sie – und wie! – hinter einem Falter her. Ich war, so schien es, minutenlang vergessen; da half kein Rufen und Locken.

Eigensinn im Wechsel mit Zärtlichkeit, das ist nach Menschenverständnis ein ganz ideales Liebesritual. Kurz: Ich nahm Mizzi ohne den Schatten eines Zögerns in meine Arme und mit heim. Nun ist unsere Fünferbande wieder komplett.

Warum lieben wir Wesen, die an Sesseln kratzen, an Gardinen hochklettern, blinde Maulwürfe fangen, hilflose Vögel fressen, auf befremdliche Weise kämpfen und kopulieren? Sicher nicht, weil sie so tierisch sind. Sondern weil sie so menschlich sein können – genauer gesagt: so wie wir gern wären.

Der alte Mann und die Katze

Erwin Funk lebte allein. Er lebte schon lange allein. Seine Frau, obwohl jünger als er, war vor über drei Jahren gestorben. Aber das altmodische Ehebett – Schleiflack weiß mit Nussbaumleisten – hatte er behalten. Die linke Hälfte war sogar noch bezogen, obwohl sie doch immer leer blieb. Jedenfalls seit letztem Herbst. Bis dahin hatte dort, auf dem dicken Kissen, Kitty geschlafen. Allerliebst hatte Erwin das gefunden, die graue Kitty auf dem geblümten Kissenbezug. Über fünfzehn Jahre alt war sie geworden; dann ging es nicht mehr: Sie konnte kaum noch laufen, und er musste sie sogar in ihre Katzentoilette tragen.

Erwin Funk weinte wie ein Kind, wenn er an ihre letzte Stunde dachte, an die Minute, in der sie einschlief für immer. Doktor Hermes, der Tierarzt, hatte versucht zu trösten: „Sie hat es hinter sich. Hoffentlich können wir auch mal so schmerzlos abtreten." Wie ein Kind weinte er, der alte Funk mit seinen sechsundsiebzig Jahren, wenn er daran dachte. Warum auch nicht? Ihn sah und hörte ja niemand. „Kittylein, Kittylein", schluchzte er – ja, sie war nun auch schon über ein Jahr nicht mehr da.

Wie groß und leer eine Zweizimmer-Neubauwohnung sein kann, das weiß nur, wer plötzlich darin allein ist. Es hat keinen Sinn, vom Wohnzimmer ins Schlafzimmer oder ins Bad oder in die Küche zu gehen, außer wenige Male am Tag. Man kann auch mal auf den Balkon treten. Aber was tut man die restlichen Stunden und Stunden?

Der Supermarkt lag gleich um die Ecke; das Einkaufen war also schnell erledigt. Zum Friseur muss man nur ein Mal im Monat. Die Post besteht fast nur aus Werbung. Erwin

Funk hatte zu viel Zeit und zu wenig zu tun. Eine Zeitung hielt er sich nicht, denn lesen machte ihn müde und auch ein wenig konfus. Ein Mensch, der über fünfzig Jahre lang in den städtischen Straßenbahnwerken gearbeitet hat – an der Wand hing das goldgeränderte Treuediplom – besitzt keine Übung im Lesen. Natürlich hatte der alte Mann einen Fernseher. Doch da gab es ein Problem: Wenn er den Ton nicht voll aufdrehte, sah er immer nur die Bilder. Fünfzig Jahre als Schweißer – das geht auf's Gehör! Nur die Tiersendungen verfolgte er mit höchster Lautstärke; dann klopften auch schon die Nachbarn – Neubauwände eben!

Erwin Funk war sein Leben lang ein Familienmensch gewesen, nannte Kinder und Enkelkinder sein eigen, doch die wohnten alle in anderen Städten. Außer ein paar Fotos an den Wänden hatte er nichts von ihnen. Die ehemaligen Kollegen aus der Straßenbahnwerkstatt waren fast alle schon unter der Erde. Und jedes Jahr starben wieder zwei oder drei. Erwin hasste die Begräbnisse! Sie kamen ihm vor wie eine letzte Mahnung. Eine Mahnung? Ja, er fand es irgendwie sündhaft, die späten Lebensjahre so sinnlos zuzubringen. „Man lebt nur einmal", sagte er immer, „man lebt nur einmal." – Aber wofür?

Ab und zu kam Frau Schwenke aus dem dritten Stock zu Herrn Funk, eine resolute Matrone, die laut genug sprach, um sich ihm verständlich zu machen. Sie räumte ein wenig auf, kümmerte sich um seine Kleidung, wusch auch mal seine Gardinen mit – das ging nun schon ziemlich lange so. Eines Tages, als Frau Schwenke ihm zwei Jacken aus der Reinigung zurückbrachte, öffnete er nicht auf ihr Klingeln. Doch sie hörte Geräusche in der Wohnung: ein Poltern, laute Flüche, schwere Schritte. Dann riss Funk die Wohnungstür auf. Er war total betrunken.

So etwas! Der liebe alte Mann führte sich auf, wie sie ihn noch nie erlebt hatte: schrie sie an, riss ihr die Jacken aus der Hand, schubste sie grob in Richtung Tür ...

Erst war Frau Schwenke tief verletzt. Dann überlegte sie, dass er sich wohl geschämt hatte, der alte Funk, in so einem Zustand erwischt worden zu sein. Ob er öfter trank? Während sie ihre Mangelwäsche penibel nachbügelte, kam sie ins Grübeln: Es tut nicht gut, wenn der Mensch allein ist – das war so ungefähr das Ergebnis.

„Herr Funk, es geht nicht, dass sie da in der Wohnung so einsam vor sich hin leben", rief sie ihm ins Ohr, als er sich mit drei Nelken für den gestrigen Auftritt bei ihr entschuldigte. „Sie brauchen wieder eine Katze!" – Am Nachmittag wunderte sich Erwin Funk, dass er nicht selbst auf die Idee gekommen war. „Eine neue Kitty, eine neue Kitty", murmelte er unter Tränen – und öffnete die Lambrusco-Flasche.

Wenn er etliche Gläser, eine ganze Flasche – oder zwei – intus hatte, veränderte sich der alte Mann fast so, wie man es aus der Geschichte von Jeckyll und Hyde kennt: Alle Sanftmut und Sentimentalität fiel von ihm ab. Er fluchte wütend vor sich hin, warf die Türen ins Schloss, trat gegen die Möbel, stöhnte, rülpste, grunzte, ließ sich in jeder Weise gehen. Seine Bewegungen bekamen etwas Gewalttätiges, und einige Male schon hatte er sich selber ernsthaft verletzt. Irgendwann stürzte er dann zu Boden, und es war ihm egal, was er dabei umriss oder unter sich begrub. – Worauf war er so böse? Auf sich, auf sein Leben?

Am übernächsten Tag brachte Frau Schwenke Herrn Funk in einem braunen Karton mit Löchern ein Katzentier. Er war nüchtern. Seine Augen wurden so groß, wie Frau

Schwenke sie noch nie gesehen hatte. Seine Hände griffen zitternd – war es Vorfreude oder Alkoholfolge? – in den Karton nach dem verschreckten Tier. Obwohl es nicht grau war, sondern weiß mit rötlichen Flecken, rief Erwin sogleich: „Kitty, Kitty, da bist du ja!" – „Das ist ein Kater", sagte Frau Schwenke ausreichend laut, „er ist kastriert, vier Jahre alt und heißt Anton." – Erwin nahm das misstrauisch blickende Wesen einigermaßen sanft auf den Arm: „Ach Kittylein, wie werden wir es gut haben!"

Frau Schwenke dachte mehr an das Praktische: „Herr Funk, Sie brauchen sofort eine Katzentoilette, einen Kratzbaum, einen Tragekorb und natürlich Katzenfutter für Anton." – „Es ist alles noch da, von Kitty", erwiderte Erwin, „nur kein Dosenfutter. Aber heute gibt es erstmal Hähnchenschenkel bei uns, Kitty, Kittylein." Er küsste ihr beziehungsweise sein Köpfchen, und Anton suchte leicht überfordert das Weite. Unter dem Sofa fand er es weit genug.

Die rührende Szene nahm nach Frau Schwenkes Abgang leider eine ungute Wendung. Vor Glück, nicht mehr allein zu sein, genehmigte sich Erwin eine Flasche Lambrusco – nein, fast zwei – und geriet in den beschriebenen Zustand. Anton vertauschte seinen Platz unter dem Sofa mit einer Nische in der Küche, die Erwin Funk seit Jahren nicht mehr bemerkt hatte – zwischen Kühlschrank und Spüle.

Von Hähnchenschenkeln war nicht mehr die Rede. Die Katzentoilette wurde auch nicht hervorgeholt. Stattdessen ruderte Erwin Funk wild grölend durch die Wohnung, warf Stühle um, fegte Geschirr vom Küchentisch und schleppte sich schließlich ins Bad, wo er einschlief.

Anton hatte Durst. Und trotz der Angst, die ihn fast ge-
lähmt hatte, kroch er irgendwann, als lange genug alles
ruhig gewesen war, aus seinem Versteck hervor, sprang
auf den Rand der Küchenspüle und leckte die Wasser-
tropfen vom Hahn ab. Aus dem Bad hörte er kräftiges
Schnarchen. Das kannte er; sein früheres Herrchen hatte
auch immer so unmelodisch geschnurrt beim Schlafen,
aber doch anders. – Katzen sind neugierig. Also schlich
Anton zur Badezimmertür. Dort lag der Mann, der ihn so
grässlich erschreckt hatte. Aber jetzt schien er friedlich.
Anton blieb eine Weile auf Distanz sitzen, sah schließlich
keinen Grund zu verduften und legte sich auf den Teppich
vor der Badezimmertür. Beide schliefen.

Am nächsten Morgen fühlte sich Erwin Funk elend. Aber
als er sah, was seine Katze angerichtet hatte, musste er
doch lachen. Die Duschwanne war zum Katzenklo geworden, und in der Küche fehlte einer der Hähnchenschenkel.
Wohlgemerkt: einer. Der andere schien unberührt.

Erwin holte die Katzentoilette aus dem Abstellraum, füllte
den Rest einer großen Tüte mit Katzenstreu hinein, stellte
ein Schälchen Wasser auf und knabberte dann zum Frühstück den zweiten Schenkel. Anton schaute aus angemes-
sener Entfernung zu.

„Komm mal her, Kitty!" – Keine Reaktion. – „Na, komm
schon!" – Anton gähnte. – „Schau mal, willst du nicht
noch ein bisschen von dem Hühnerfleisch?" – Anton
zog es vor, erstmal aus dem Wassernapf zu trinken und
wandte Erwin sein Hinterteil zu. – „Ich glaube, du bist
ein ziemlich stolzer Kerl, A n t o n !" Nach diesen Worten
stand Funk auf und ging einkaufen.

Im Supermarkt gab es alles, was Katzen mögen. Und natürlich auch alles, was Menschen gern haben. Zum Beispiel Lambrusco, Liter einsfünfzig. Doch an diesem Regal ging Erwin Funk heute achtlos vorbei.

Das gelang ihm nicht immer. Aber immer öfter.

Einen schweren Rückfall erlitt er nach der Beerdigung seines Freundes Fritz, der sich im Keller seines Reihenhauses aufgehängt hatte. Einfach aufgehängt! Es war kein schönes Begräbnis gewesen, ohne Musik, ohne Pfarrer. Und der Sohn, der Fritz gefunden hat, schaute am Grab immer noch so drein, als ob er seinem armen Vater böse sei.

Als Frau Schwenke am Abend mal nach den beiden sehen wollte, fand sie Funks Wohnung in einem schlimmen Zustand vor. Ihn selbst fand sie neben dem Bett. Anton fand sie gar nicht. – „Die Katz is weg", lallte Erwin Funk. Aber Anton hockte mit weit aufgerissenen Augen in seiner Geheimnische zwischen Kühlschrank und Spüle. Frau Schwenke kippte den restlichen Lambrusco einfach ins Klo, hievte Erwin Funk auf das Bett und kochte ihm einen starken Kaffee. Dann räumte sie notdürftig auf, versuchte Anton hervorzulocken, was misslang, und holte schließlich Eiswürfel aus dem Kühlschrank, die sie Herrn Funk mit einem Waschlappen auf die Stirn legte.

Nachdem er halbwegs zu sich gekommen war, hielt sie ihm eine Standpauke. Er habe jetzt keinen Grund mehr, sich so gehen zu lassen! Er sei jetzt nicht mehr allein! Und er habe jetzt eine Verantwortung – auf Jahre! Wenn er betrunken durch die Wohnung tobe, könne ja wer-weiß-was passieren! Die Nachbarn tuschelten schon über den grässlichen Lärm. Und sie würde von jetzt an für ihn und Anton einkaufen!

Als sie aus dem Schlafzimmer trat, sah sie Anton mitten im Flur sitzen. Er schaute, als wollte er sagen: So war's richtig!

Am nächsten Morgen schlief Erwin Funk bis in die Puppen. Den linken Arm hatte er von sich gestreckt. Irgendwann spürte er etwas an seinen Fingern. Es war Antons Zunge. Der Kater thronte auf Kittys Kissen. Aber das sah Erwin nicht. Er fühlte es nur. „Ich bin nicht mehr allein", murmelte er im Halbschlaf, „ich muss leben, ich muss gesund bleiben ... leben ... man lebt nur einmal." Dann sank er in angenehme Träume.

Erwin Funk lebte noch gut zehn Jahre. Als Anton fünfzehn wurde – wie damals Kitty! – fand er, nun sei es genug. Sie starben beide – ganz friedlich – innerhalb weniger Tage, wie es öfter geschieht bei sehr engen Partnern. – „Ihre Herzen hörten einfach auf zu schlagen", sagte Frau Schwenke.

Aus dem Familienleben

Jonas hat es gut

Jonas öffnete ein Auge und schielte zum Fenster hin. Es sah aus, als würde es ein schöner Tag.

Noch war es gar nicht richtig hell, aber Jonas ist ja immer lange vor den anderen Familienmitgliedern wach. Zu der vierköpfigen Familie gehören: Eva, Frau des Hauses, auch „Maus" genannt; Fred, ihr Mann (kein Kosename), dann Lisa, zu der sie einfach Töchterchen sagen, und schließlich Jonas, das Bengelchen. Eine überaus normale Familie: Gehobenes Reihenhaus, Mittelklassewagen, eher schwache Besuchsfrequenz, keine aufregenden Hobbys.

Neben Evas Bett schrillte der Wecker. Rasch stellte sie das wacklige Ding ab. Mist, dass ihr Uhrenradio kaputt war; mit ein bisschen Soft-Pop erwacht es sich halt netter. Sie setzte sich in ihrem breiten Bett auf, das ehemals für Zwei gedacht war, schaute zum weit geöffneten Fenster hinaus und dachte dasselbe wie Jonas: Es wird ein schöner Tag.

Für das Wetter traf das dann ja auch zu, aber sonst ...

Eva Marholm war Lehrerin – gewesen. Entnervt hatte sie den Beruf an den Nagel gehängt, als Töchterchen Lisa vor elf Jahren auf die Welt kam. Jetzt machte sie zu Hause Übersetzungen und gab Sprachkurse an der Volkshochschule – na ja.

Jonas begrüßte die „Maus" wie jeden Morgen. Das war immer eine Szene strömender Herzlichkeit. Überhaupt benahm sich Jonas viel liebevoller als Lisa. Vielleicht lag das am Alter.

Im Gegensatz zu Jonas war Eva ein Morgenmuffel. Nur mit Überwindung kam sie aus dem Bett, während Jonas es gar nicht erwarten konnte. Sie strich dem Kleinen über den Kopf und sagte: „Du hast es gut, mein Bengelchen".

Jonas ging zu Freds Zimmer gleich nebenan. Die Tür war zu! Pennte der etwa noch? Er öffnete so leise es ging. Stickig war's in dem Raum. Die Vorhänge, wie immer ganz zugezogen, ließen keinen Sonnenstrahl herein. Jonas machte absichtlich ein bisschen Lärm, und schon stürzte Fred purzelbaumartig aus dem Bett, das nur halb so breit war wie Evas Grandlit.

Fred wankte ins Bad. Lieber Himmel! Heute hatte er ja die große Präsentation bei dem Pharmakonzern – es ging um neunzig Millionen! Er schaltete sämtliches Licht an, das es in ihrem Marmortempel von Badezimmer gab: zweimal zwölf Glühbirnen an den beiden Spiegeln, acht Deckenstrahler und den weiß leuchtenden künstlichen Hinkelstein neben der Dreieckswanne. Trotz der blendenden Helle riss er gewaltsam die Augen auf – er musste einfach wach werden!

Jonas liebte es, seine Morgentoilette gleichzeitig mit Fred zu verrichten, unter Männern sozusagen. Also begleitete er ihn ins Bad.

Das Ritual, das nun begann, war jeden Morgen haargenau dasselbe. Bei Fred hieß es: „Wasser Marsch!" – erst im Waschbecken, dann unter der Schwallbrause. Außerdem bediente er mehrere Apparate, um seinen Mund und seine Zähne zu pflegen, seinen Bart zu beseitigen und seine Haare zu trocknen. Stark riechende Wässerchen kamen zum Einsatz und die Sprühdose mit dem scharfen Zischgeräusch.

Jonas war, ehrlich gesagt, ziemlich wasserscheu. Und außerdem ein Anhänger möglichst einfacher Verrichtungen. Zunächst saß er faul auf dem Rattanstuhl bei den Badezimmer-Palmen. Dann reckte er sich, gähnte gewaltig und wandte sich schließlich betont langsam seiner höchst Wasser sparenden Gesichtspflege zu, vergaß auch Brust und Bauch nicht, begab sich nebenan auf die Toilette und ... fertig.

„Du hast es gut, Bengelchen", rief Fred, als er aus dem Bad stürmte.

Was ist eigentlich mit Lisa?, fiel Jonas ein. Die Tür zu ihrem Zimmer stand einen Spalt breit offen, und so ging er vorsichtig hinein. Oh, er wusste, wie man Leute sanft aufweckt... „He, mein Junge, ein Glück dass du kommst!" Lisa schmuste schlaftrunken mit dem Kleinen. „Ohne dich hätte ich wahrscheinlich bis zehn geschlafen – Matheprüfung ade!" Seufzend stieg sie aus ihrem geliebten Bett und dachte mit leichtem Nervenzittern an das, was ihr in der Schule bevorstand.

Des Tages zweite Hürde – nach dem Aufstehen – war das Frühstück. Jonas gehörte zu denen, die es lieben, wenn alle gleichzeitig ihren Appetit stillen. Aber das war in seiner komischen Familie einfach nicht hinzukriegen. Er fand auch, dass die Dauer der Frühstücksvorbereitungen in keinem Verhältnis zu den paar Augenblicken stand, in denen die Kalorien dann verfrühstückt wurden: Ein Ei kochen – fünf Minuten. Ein Ei abschrecken, aufschlagen, salzen, auslöffeln und die Schale entsorgen – anderthalb Minuten!

Lisa war die schnellste: Fünf Löffel Nutella, ein Knäcke-
brot, ein Glas Milch – ab in die Schule! Im Hinausrennen
rief sie noch: "Ach, Jungchen, du hast es gut!"

Bei Fred kam nach dem erwähnten Ei und einem Schwarz-
brot mit dick Butter noch eine große Tasse Kaffee, pech-
schwarz, und dann – soviel Zeit muss sein! – die erste
Zigarette des Tages. Die erste von etwa dreißig, leider.

Heute konnten es allerdings auch vierzig Filterlose werden – wegen der millionenschweren Präsentation. – Fred
war Werbefachmann, Senior Marketing Executive – die
Branche liebt solche Titel. Mit anderen Worten: Er war ein
bewährter, langsam in die Jahre kommender Handlanger
steinreicher Firmenbosse, die zwar protzige Villen, sündteure Mega-Yachten und Straßenkreuzer im Dutzend be-
sitzen; aber nicht genug Kreativität, um sich ihre banale
Reklame selbst auszudenken!

Andererseits sind sie clever genug, ihre Manager und
Funktionäre mit Rang und Reichtum zu bestechen, so
dass diese lächerlich überdotierten Opportunisten die
verbrecherischen Machenschaften, kriminellen Verwick-
lungen, menschenverachtenden Methoden und Umwelt
zerstörenden Einflüsse, die mit ihren Geschäften einher-
gehen, eisern geheim halten und sogar bestmöglich ins
Gegenteil schönreden.

Sich in der Sonne ihrer Macht räkelnd lassen sie die Werbe-
fritzen antanzen, um dann mit Hilfe ihrer dumpfen Hirne
jede einigermaßen intelligente Idee abzuschmettern, denn
sie haben nur Sinn für das Plumpe und Abgeschmackte.
Und der Erfolg gibt ihnen ja Recht! Weshalb denn auch
die Reklame-Heinis jedes Mal reumütig vor ihnen in den
Staub fallen und genau das machen, was die Herren der

Welt von ihnen verlangen: Scheiße! – Ja, so etwa sah Fred seinen Job bei der hoch gepriesenen Werbeagentur MORE FOR LIFE.

Er musste los! Die „Maus" drückte ihm einen Kuss auf die Wange. Jonas begleitete ihn bis zum Wagen und sah ihn aufmunternd an – sozusagen: Machs gut, Alter! – „Danke, mein Junge!"

Endlich hatte auch Jonas Zeit, seine Frühstücksportion zu vertilgen, recht gemütlich sogar, gemeinsam mit Eva. Die kaute – immer noch im Morgenrock und mit der Zeitung vor der Nase – eine große Schale Mehrfrucht-Nuss-Mandel-Müsli mit viel Milch, trank ihren frisch gepressten Orangensaft und gönnte sich zum Abschluss ein Weißbrot mit Käse, französischem.

Jonas war in den rundum verglasten Wintergarten geschlendert und sah der Sonne zu, wie sie schien. Er war eben anders als andere Bengelchen, aber für Fred, die „Maus" und das Töchterchen war er – da gab's gar nichts! – ein ganz normales Familienmitglied.

Nach ihrem ausgeruhten Frühstück verteilte Eva wieder einmal fünf verschiedene Salben auf sich, da grellte die Türklingel. Eva riss den Morgenrock um ihre Schultern; Jonas begab sich vorsichtshalber ins Obergeschoss. Ein Mann stürmte herein und schlenkerte wild mit den Armen.

„Ecco, Signora – was Sie gemacht haben aus meinem Text – mamma mia, das ist nicht Übersetzung, das ist ein catastrofo! Sie haben gemacht mein Werk kaputt! Madonna, ich schreibe Romane per cuore, für das Herz von Frau. Sie haben daraus gemacht Lyrik, poesia! Das ist Quatsch! Non parlo tedesco, ma capisco: Impossibile! Keine Lire zahle ich Ihnen. S i e müssten mir geben Geld per questo scandalo e tempo perduto!"

Bei diesen Worten warf er Eva Marholm ein Bündel computer-bedruckter Blätter vor die Füße – immerhin mit elegantem Schwung.

Eva holte tief Luft. Um nicht loszuheulen, griff sie an: „Was? Ich soll Ihren Schund verschlimmert haben? Mann, ich habe daraus ein lesbares Buch gemacht! Sie sollten mir die Füße küssen – nein, lieber nicht. Sie wollen für Frauenherzen schreiben? Dass ich nicht lache, Mann! Gerade, weil ich ein Herz habe, habe, habe ich – – – " Nun kamen ihr doch die Tränen.

Jonas hatte oben mitgehört, aber kaum etwas verstanden. Der schreckliche Kerl rief nur noch: „Mich sehen Sie nicht wieder!", und weg war er. Jonas rannte die Treppe runter und versuchte, Eva zu trösten. Trauer und Mitgefühl lagen in seinem Blick, und jede seiner Bewegungen schien zu sagen: Mach dir nichts draus, für mich bist du die Größte. Eva war gerührt. „Ja ja, mein Junge, so etwas kann dir nicht passieren!"

Jonas wollte wieder in den Wintergarten gehen, da hörte er Schritte auf dem Kiesweg. Wer kam denn da angerannt? Es war Lisa, viel zu früh! Die Sonne stand ja noch nicht mal hinter der großen Kastanie. Als ihr Jonas, noch etwas flinker als sonst, entgegenlief, sah er: Die heult ja auch! Ohne ihn anzuschauen, stürzte sie in ihr Zimmer, warf die Schultasche und sich selbst aufs Bett und kickte die Tür mit dem Absatz geräuschvoll zu.

Nur Sekunden später war Eva da, und Jonas drückte sich hinter ihr in Lisas Zimmer. „Mensch, Töchterchen, was ist los? Die Matheprüfung?" Lisa nickte und machte einen kleinen Schluchzer. Das ganze Ausmaß der Tragödie kam aber erst bruchstückweise im Laufe des Nachmittags heraus. Ja, sie hatte die Prüfung total verhauen, war vor versammelter Klasse ausgerastet, und alle hatten gelacht – gelacht! Die Lehrerin, die blöde Kuh, wollte ihr („Meine liebe Lisa, hör mal...") erklären, warum ihre Arbeit – - da hatte Lisa einen Weinkrampf bekommen und sich panisch in die Mädchentoilette geflüchtet. Nach ein paar Minuten war die Direktorin mit einem Generalschlüssel gekommen, hatte die verriegelte Kabinentür aufgemacht, Lisa herausgezerrt und sie von einem der größeren Schüler (ausgerechnet Michi, den Lisa heimlich anhimmelte – und wie!) vorzeitig nach Hause bringen lassen, als wäre sie krank – eine absolute Image-Katastrophe!

Jonas blieb bei ihr; sie brauchte jetzt die Wärme eines mitfühlenden Herzens. Selbst als er mit halbem Ohr wahrnahm, dass Eva sich anschickte, Gartenarbeit zu machen, verließ er das Töchterchen nicht. Dabei liebte er Gartenarbeit über alles – genauer gesagt: das Zuschauen.

Eva dagegen packte kräftig an, wie immer, wenn sie ihren Frust niederkämpfen wollte: „Dieser minderbemittelte Spaghetti-Dichter" – Spatenstich! – „keine Ahnung von Sprache und Ausdruck" – Grasnabe weggeschleudert! – „kein ehrliches Wort kann der schreiben, nur Kitsch" – zwei dicke Steine ausgehoben! – „und wirft mir vor, ich verhunze seinen Schund" – doppelter Spatenstoß! – „so einen Mist würde ich gar nicht zustande bringen, wenn ich Schriftstellerin wäre" – plötzliches Innehalten - „ja, vielleicht hätte ich Schriftstellerin werden sollen!" – -

Lisa rappelte sich schließlich auf und schaltete den Computer ein, um ein bisschen zu chatten. Da ging Jonas indigniert aus dem Zimmer. Denn an ihren PC ließ sie ihn einfach nicht ran – nie! Und das fand er ausgesprochen gemein.

Als er in den Garten kam, wollte die „Maus" gerade den großen Wasserschlauch abrollen. Jetzt kam also der Teil der Gartenarbeit, auf den Jonas liebend gern verzichtete! Und so schlenderte er ins Wohnzimmer und setzte sich vor den Fernseher. Klasse! Es lief gerade ein Tennismatch. Das war genau nach seinem Geschmack: Rechts – plopp, links – plopp, rechts – plopp … Er selbst spielte natürlich nicht Tennis, kannte auch die Regeln nicht, wie die meisten Zuschauer, aber dieses Hin und Her, Hin und Her fand er äußerst spannend, wie die meisten Zuschauer. Nur mit halbem Ohr registrierte er, dass das Telefon gedüdelt, Eva abgenommen und ein paar aufgeregte Worte gesagt hatte.

Da stürzte sie auch schon ins Wohnzimmer und zappte, ohne Jonas zu fragen, auf den Nachrichtenkanal: „Attentat in einem britischen Atomkraftwerk … noch nicht bekannt, ob Radioaktivität ausgetreten ... wurde die Bevölkerung der Region vorsorglich gebeten, die Fenster und Türen ... völlig unklar, wie es trotz schärfster Sicherheitsvorkehrungen" – Jonas trollte sich beleidigt. Er fand Tennis schöner.

Zur Abwechslung begab er sich in die Küche, um etwas zu trinken. Mit versteinertem Gesicht folgte ihm Eva. So hatte Jonas sie noch nie gesehen: völlig verkrampft, dabei fahrig, als wäre sie mit ihren Gedanken sonst wo. War sie auch, nämlich in der britischen Provinz, wo wahrscheinlich eine Katastrophe passiert war, gegen die ihre kleinen Probleme – – was wollte sie eigentlich hier in der Küche? Ach so, natürlich: das Abendmenü vorbereiten! Nur mit Mühe hatte sie sich vom Fernsehen losreißen können, aber in knapp zwei Stunden kamen die Gäste – zu blöd, ausgerechnet heute hatten sie zu einem „Bio-Dinner" eingeladen.

Interessiert schaute Jonas zu. Die Vorbereitung einer Mahlzeit war erfahrungsgemäß mit einer Reihe faszinierender Tätigkeiten und reizvoller Gerüche verbunden. Aber diesmal konnte die „Maus" gar nicht wieder aufhören, zu schneiden, zu schälen, zu schaben und zu hacken. Essen war ja wichtig und angenehm. Trotzdem hatte Jonas keinerlei Verständnis, dass dafür ein solcher Aufwand an Zeit und Material getrieben wurde. Warum musste diese Familie nur immer alles so kompliziert machen?

Für Eva dagegen war Kochen eine Form der Selbstverwirklichung. Sie wusste, dass die Banausen um sie herum ihre Hingabe kaum zu würdigen verstanden, aber das war ihr egal. Heute allerdings hoffte sie schon auf ein wenig Anerkennung. Alles, was zu dem Diner gehörte – die Gemüse, die Salate, die Kartoffeln, das Öl und vor allem der wundervolle Kalbsbraten – war ganz frisch vom Bio-Bauern bezogen, der in einem Weiler vor der Stadt die Erzeugnisse seines Hofes direkt an verständige Konsumenten verkaufte – wenn auch zu Preisen, als liefe das Geschäft über zehn Zwischenhändler!

Jonas erhob sich. Denn Eva verfiel nun in einen lautstarken Aktionismus unter Verwendung bösartig klingender Küchenmaschinen. Nein, das muss ich nicht haben, dachte er und ging in Freds Arbeitszimmer. Auf dem Schreibtisch lag noch dasselbe Buch wie gestern, lesebereit aufgeschlagen. Jonas nahm davor Platz. Er betrachtete ausgiebig die Buchseiten, aber dann irrte seine Aufmerksamkeit ab – zu Gunsten einer sehr entspannenden Meditation. Vielleicht war er auch ein wenig eingenickt. Ja, richtig! Im Unterbewusstsein hatte er Freds Auto kommen hören, aber nicht die Energie aufgebracht, dem Alten entgegenzulaufen.

Krachend flog die Tür zum Arbeitszimmer auf! Fred feuerte seinen teuren Aktenkoffer gegen die Bücherwand. Eva kam und wischte sich hektisch die Hände an ihrer Schürze ab. „Fred, wie siehst du denn aus?!" Er war nicht ganz nüchtern, nicht mal halb. „Und in diesem Zustand fährst du Auto??" Mit großer Geste antwortete er: "Totalschaden." – „Um Gottes willen! Aber dir ist nichts passiert?" – „Mir? Mir ist eine totale Pleite passiert. Eine Neunzig-Millionen-Pleite. Der Pharma-Etat ist futsch, futschicato! Hol mir einen Cognac, bitte." – „Nein, Fred, du solltest jetzt nichts mehr trinken. In einer halben Stunde kommen die Gäste." – „Ist mir egal." – „Und in England hat man ein Atomkraftwerk überfallen!" – „Ist mir auch egal."

Lisa schneite herein, mit dem Walkman auf den Ohren. Viel zu laut fragte sie: "Was ist denn hier los?"

Aus dem Fenster schauend murmelte Fred: „Ich bin im Eimer, das ganze Team ist im Eimer, wegen dieser Pharma-Ignoranten." Eva trat neben ihn und sah zur Auffahrt hin. „Aber das Auto, das sieht doch ganz okay aus." – „Das Auto? Ach so, das Auto! Ja ja, das ist so ziemlich das einzige, das nichts abgekriegt hat."

„Gott sei Dank! Aber Fred, das Atomkraftwerk da in England -- hast du...?" – „Klar, in den Nachrichten bringen sie nichts anderes." – „Und was sagst du dazu? Was sollen wir denn..." – Er sprach jetzt etwas nüchterner: „Was ich dazu sage? Ich sage: Es geht eben alles den Bach runter. Hol mir einen Cognac."

Jonas tippte ihn an. „Ach da ist ja mein Junge! Komm her, Bengelchen!" Obwohl er die Alkoholfahne grässlich fand, versuchte Jonas, den Alten ein bisschen aufzurichten – er war einfach umwerfend lieb! Da brachte Eva den Cognac, nein, sogar zwei. Eva, die „Maus", sah zu Jonas hin, dann hob sie das Glas, prostete Fred zu, trank und flüsterte fast: „Stimmt schon, was wir immer sagen: Jonas, der hat es gut."

Lisa setzte endlich den Walkman ab. „Papa ich hab die Matheprüfung verhauen." – „So? Ach, mein Kind, es kommen noch so viele Prüfungen auf uns zu ..."

Ein leichter Brandgeruch stieg Eva in die Nase. Sie rannte in Richtung Küche, Jonas hinterher, Lisa auch, als letzter Fred. Die „Maus" riss den Backofen auf, Fred das Küchenfenster. Alle vier standen vor dem Herd und starrten auf etwas Schwarzbraunes. Eva schlug die Hände vors Gesicht und sagte fast tonlos: „Der Kalbsbraten ist auch im Eimer." – Lisa setzte den Walkman wieder auf und ging in ihr Zimmer. Fred nahm Evas Hand: "Bald sind wir alle verstrahlt, da kommt es auf den Kalbsbraten wirklich nicht mehr an."

„Ha!!" – Eva schrie fast – „ich hab ja die eingefrorenen Kalbssteaks!" Als sie sich bei dem Bio-Bauern eindeckte, konnte sie einfach nicht an diesen herrlichen, garantiert BSE- und antibiotika-freien Steaks vorbeigehen, die von Kälbchen stammten, die sie wahrscheinlich noch vor ein paar Wochen selbst gestreichelt hatte ...

Da klingelte es an der Haustür. O nein! Sie waren noch nicht mal umgezogen! Wahrscheinlich kamen Karin und Robert wieder zu früh. – So war es.

Nach der üblichen wort- und gestenreichen Begrü-
ßung – Luftküsschen links, Luftküsschen rechts – kam
auch Jonas auf seine Kosten. Dann verschwanden die
verfrühten Gäste mit Fred im Wohnzimmer, und Eva
versuchte in der Küche, die steinhart gefrorenen Steaks
in einen kulinarischen Genuss zu verwandeln.

Als sie sich zwischendurch in Windeseile schön machte,
schlenderte Jonas kurz noch einmal in die Küche. Die leise
brutzelnden Steaks rochen verführerisch. Aber er probier-
te lieber ein Häppchen von dem missachteten Kalbsbraten.
Der hatte zwar eine etwas harte Kruste, darunter aber
schmeckte er einfach gigantisch!

Nach diesem schönen Erlebnis begab sich Jonas ins Bett.
Genauer gesagt: in Evas Bett.

Was sollte er anderes machen? Lisa saß an ihrem blöden
Computer, der für ihn tabu war, und verschickte Dutzende von E-Mails. Bei den Gästen zu hocken, die nun wohl
vollzählig waren, reizte ihn auch nicht – er war nun mal
kein Partylöwe.

Mit dem Nachgeschmack des Kalbsbratens auf der Zunge
sank er in Schlummer, so gut es ging. Die Gäste lachten
und schwatzen und lachten immer lauter, je mehr Fred von
seinem guten Rothschild-Wein kredenzte.

Erst lange nach Mitternacht wurde es ruhig. Erhitzt kamen
Eva und Fred ins Zimmer. Hell schien der Mond herein;
deshalb machten sie gar kein Licht. „Dein Chef hat immerhin gesagt: Eine Schlacht ist verloren, mein lieber Marholm, aber den Krieg führen wir weiter. – Lieber Marholm,
hat er gesagt, immerhin!" – „Ja, und gleich danach, typisch

Werbefuzzi: Wir sind eben MORE FOR LIFE! – Als ob sein Laden irgendwas mit dem Leben zu tun hätte!"

Stumm zogen sie sich aus. Plötzlich entfuhr es Fred: "Musstest du den Boss unbedingt mit deiner Atomangst belästigen?" Eva stand reglos. „Und musstest du unbedingt den ganzen Abend mit seiner Dritten flirten? Glaubst du, das hat ihm gefallen??" Dann – deutlich lauter: „Mir hat es jedenfalls nicht gefallen!"

Im Dunkeln konnte Fred nicht sehen, ob sie wirklich so sauer war, wie es sich angehört hatte. Als er seine Unterwäsche auszog, genierte er sich ein bisschen – vor der eigenen Frau, soweit war es also schon gekommen! Umso lässiger sagte er: „Ach Maus, jetzt ist wirklich nicht der Augenblick zu streiten. Es tut mir leid, ehrlich, es tut mir leid." – Nackt lügt es sich schlecht, dachte Eva, darum glaubte sie ihm und ging ins Bad.

Ob es ihm leid tat, weil das Geflirte eine taktische Dummheit gewesen war, oder weil er Eva damit beleidigt hatte (oder aus beiden Gründen), das wusste Fred selbst nicht genau.

Er betätigte die Fernbedienung des kleinen Portables auf Evas Schreibtisch. Sondersendung! „Zur Zeit bewegt sich die eher schwach radioaktive Wolke von den Britischen Inseln ..." – Er drückte auf Off, dreimal! „Eher schwach? Na, wer's glaubt!"

Als er zum Bett trat, das einmal das Ehebett gewesen war, bemerkte er Jonas, ganz hinten an der Wand. „He, du!! Das geht jetzt aber nicht, Jungchen, du musst raus." Jonas machte auf Tiefschlaf.

Die „Maus" schwebte ins Zimmer. Fred riss die Augen auf – tolles Nachthemd! Nun ging sie auch noch zum Fenster: Mond, Gegenlicht, Silhouette – auch ohne Baron Rothschild wäre er höchst animiert gewesen! Sie schloss die Vorhänge, dann umarmten sie sich, fast wie früher. Eva sagte leise: „Sind die Menschen nicht komisch? Was man nicht sehen, nicht riechen, nicht spüren kann, das gibt es praktisch nicht für sie. Atome können sie spalten. Aber sich die Strahlen vorzustellen und die Wolken, die alles umbringen – dazu reicht es nicht."

In diesem Augenblick sah auch sie Jonas auf ihrem Bett. Fred kam ihr zuvor: „Ich hab ihm schon gesagt, dass er abhauen muss. – Also los, du Bengel, raus mit dir, wir können dich hier jetzt nicht brauchen."

Jonas spürte, dass er als Dritter im Bunde keine Chance hatte, räkelte sich umständlich, erhob sich betont langsam und schritt huldvoll zur Tür. Mitten auf der Schwelle blieb er stehen.

Eva schlüpfte unter die Daunendecke. „Du, Fred, wir sollten unseren Jonas nicht immer Jungchen, mein Junge, Bengelchen oder so nennen. Er ist ja schließlich kein Kind." Schon halb in der Diele, antwortete Fred: „Kein Kind, kein Mensch – da hat er Glück!" Eva richtete sich auf. „Unser lieber Kater ist er, ein Kater im besten Alter, das genügt doch wohl!" Fred streichelte Jonas. „Komm, nimm den Schwanz aus der Tür, mein – – mein Freund, wir gehen noch rasch ins Bad."

Aber Jonas trappelte schnurstracks zu Lisa, kroch an ihren Füßen unter die Decke, begann exzessiv zu schnurren und schleckte nacheinander ihre Zehen ab. Wieder mal hatte

er es richtig gut. Lisa wohl auch; sie murmelte im Traum:
„He, Michi, Michi -"

Später hatten auch Eva und Fred Zeit zu träumen:

Umringt von Fans, sah sich die „Maus", wie sie ihr erstes
Buch signierte: „Der Spaghetti-Dichter" von Eva Marholm.

Fred pokerte mit dem Pharmaboss die halbe Nacht lang
auf dessen atemberaubender Mega-Yacht um neunzig
Millionen.

Aber nicht mal im Traum ahnten Eva und Fred, dass sie in
dieser Nacht ein fünftes Familienmitglied gezeugt hatten:
Benjamin, das Nesthäkchen.

Und die Wolke, die kam Stunde für Stunde näher. Der einzige, der davon keine Ahnung hatte, haben konnte – der
kleine Jonas – spürte sie irgendwie in den Haarwurzeln.
Als es hell wurde, schielte er misstrauisch – einmal, zweimal, dreimal – zum Fenster hin.

Nein, nichts Besonderes. Es sah aus, als würde es ein
schöner Tag.

Eine traumhafte Erfindung

Meine Frau und ich leben in einer modernen Vierraum-Wohnung mittleren Komforts. Und wie das so zu sein pflegt in den Neubauten: Unser Badezimmer ist alles andere als ein „Zimmer"; es hat nur fünf Quadratmeter, und darin drängen sich eine Badewanne („Körperform") sowie eine Dusche mit Plastikvorhang, ein Waschbecken mit Alibert-Wandschrank und ein „geräuscharmes" Hänge-WC. An der Stelle, wo eigentlich das Fenster hingehört, wo es aber leider fehlt, stehen die Waschmaschine und der Wäschetrockner – übereinander.

Man kann damit leben. Solche Bäder gibt es schließlich millionenfach.

Heute Nacht aber habe ich mir ein viel schöneres Badezimmer erträumt! Nein, nicht so eine Badelandschaft mit Palmen und Ottomanen, wie man sie in Lofts und Penthouses findet – dafür wäre ja bei uns gar kein Platz. (Auch in seinen Träumen soll man halbwegs realistisch bleiben – finde ich!)

Immerhin erglänzte unsere bisher türkisfarbene Sanitär-Ausstattung jetzt in strahlendem Weiß; die Armaturen aus mattem Messing sahen wirklich elegant aus. Überdies war zwischen der unfreiwillig integrierten Waschküche und der Badewanne ein schmales aber raumhohes Fenster entstanden. Man blickte hinaus in die Baumkronen des Gartenhofes, während das Badewasser den Körper sanft umspülte. Von außen jedoch waren die Fenster verspiegelt – was denken Sie denn?

Nun komme ich zu der traumhaften Erfindung, die der Titel der Geschichte verspricht: das Wonnebett.

Anstelle der Dusche, die wir nie benutzt hatten, stand nun ein leicht getönter Spiegelschrank, der – neben Fächern für Kosmetik, Hand- und Badetücher – eine raffinierte Technik verbarg. Auch kam mir die Decke über der Badewanne niedriger vor als bisher, und an der Wand, an der Längsseite der Wanne, entdeckte ich eine hochgeklappte Liege, die man elektrisch absenken konnte, so dass sie die Badewanne wie ein Deckel verschloss. Dieses Ruhebett war ganz weich gepolstert und mit einem Material belegt, das mich an feine Schwämme erinnerte.

Nun ergründete ich die technischen Raffinessen des Spiegelschranks, der die viel zu enge Dusche ersetzt hatte. Mit einer Fernbedienung konnte man ihm Musik im besten Hifi-Sound entlocken, aber auch Vogelstimmen, fröhliches Gelächter und meditative Klänge. Ein anderer Knopf setzte farbige Lichteffekte in Gang: Aus rotierenden Spotlights huschten sanfte Strahlen in wechselnden Farbtönen über meinen entspannten Körper, der sich auf dem Wonnebett streckte. Als ich einen weiteren Knopf berührte, öffneten sich über mir drei große kreisrunde Trichter, aus denen sanfte warme Luftwolken auf mich herabströmten. Mit einem letzten Druck auf die Fernbedienung aktivierte ich dann noch den Duftspender, der natürlich mit dem Eau de Toilette gefüttert war, das ich seit Jahren benutze. Unnötig zu sagen, dass auch genau die Musik erklang, die ich am meisten mag, dass die Luftströme exakt die richtige Temperatur hatten und die sachte schwenkenden Lichter meinen Body in den getönten Spiegelscheiben des Schranks ungewohnt vorteilhaft erscheinen ließen.

Ich fühlte mich traumhaft! Regelmäßiges Luftduschen auf diesem Wonnebett – davon bin ich überzeugt – macht nicht nur den Haarfön überflüssig und spart jede Menge Badelaken, nein, es schenkt dem Menschen auch ein viel positiveres Verhältnis zu seinem Körper, trägt dazu bei, mit sich ins Reine zu kommen, lässt alle Stress-Symptome abfallen wie welkes Laub im Herbst – ja, selbst die Midlife-Crisis oder eine kleinere Depression haben gegen diese Wonnen keine Chance!

Nachdem ich morgens leider wieder unser reales Badezimmer erlitten hatte, musste ich meiner Frau natürlich sofort von der traumhaften Erfindung erzählen: „Man braucht keine Badelandschaft mit subtropischen Pflanzen und marmornem Whirlpool", sagte ich euphorisch, „man muss nicht in ein sündteures Wellness-Hotel reisen, um für kurze Zeit und zusammen mit Dutzenden anderer Gäste solche Genüsse zu teilen – nein, ganz für uns allein und auf fünf Quadratmetern können wir uns jeden Tag gesund baden an Leib und Seele – mit so einem Wonnebett über der Wanne!"

Frauen sind immer sehr pragmatisch. „Dann bau uns eins", sagte sie kurz, „und wenn du recht hast, melden wir's zum Patent an, werden reich und ziehen in ein Penthouse – mit einem Wahnsinns-Wohnbad!"

Wie man sich unglücklich macht

Egon und Irene bewohnten DreiZimmerKücheBad in Pang bei Rosenheim, und vom Küchenbalkon aus konnten sie sogar den Wendelstein sehen.

Eines Tages gewann Irene in einem Preisausschreiben der Kreissparkasse ein Luxus-Wochenende auf der Insel Sylt, und der Sparkassen-Filialdirektor von Pang überreichte ihr persönlich den Gutschein. Im Rosenheimer Tagblatt erschien sogar eine Notiz mit Foto.

Das Meer fanden Egon und Irene einfach grandios. „Hier müsste man leben!", rief Irene auf der Strandpromenade ihrem Egon zu, während sie den Sonnenuntergang bestaunten.

Auch das Hotelleben genossen sie: Vier-Sterne-Komfort, Frühstücksbuffet, Wellness-Oase und Candellight-Dinner. Jetzt ahnten sie, was ihnen in ihrer Etagenwohnung – dritter Stock ohne Lift, Nordseite – immer gefehlt hatte. Irene sagte: „Was nützt einem da das bisschen Wendelstein-Blick."

Am zweiten Tag ihres Weekend-Trips kam schlechtes Wetter: Regen und Windstärke acht. Die Nordsee tobte, der Strand war überspült, und Irene fror, sogar im Hotel. Nein, das Klima hier oben taugt nichts. Mit dieser Erfahrung kehrten sie heim. Doch die Lust auf Veränderung war in ihnen erwacht.

Egon bezog als ehemaliger Lehrer, der vorzeitig in den Ruhestand gegangen war, eine ganz ordentliche Pension. Irene verdiente etwas hinzu durch Heimarbeit für einen

Trachtenmode-Hersteller. Sie hatten genug Geld und jede Menge Zeit, die sie sich selbst einteilen konnten. Die viele Muße war auch der Grund, dass sie beide sich an jedem Preisausschreiben beteiligten, das ihnen in die Hände kam. Und eines Tages gewann Egon bei Möbel-Krüger, Rosenheim, eine ganze Woche Mallorca, ebenfalls für zwei Personen.

Bis dahin war Bardolino am Gardasee ihr gewohntes Urlaubsziel gewesen, Pension „Aida", Nebensaison. Und jetzt: mit dem Jet ins Mittelmeer! Ein wenig Angst vor dem Fliegen hatte Irene schon, aber Egon beruhigte sie; er hatte früher, bei der Bundeswehr, viel mit Flugzeugen zu tun gehabt, wenn auch nur im Bodendienst.

Mallorcas Ostküste ist zum Teil recht idyllisch und streckenweise voller Ferienhäuser. In einer solchen "Villa" wohnten sie, oberhalb des blauen Meeres, und eine – sehr spanische – Treppe führte hinab zur Badebucht. Ja, dies war das Richtige für sie! Hier hatten sie Natur, Komfort und alle Freiheit der Welt! Und – statt peitschenden Regens bei Windstärke acht – Sonne satt!

Am dritten Tag der Woche begannen sie zu überlegen, ob man hier nicht besser leben würde als in Pang. Irene betrat entschlossen das Büro eines Immobilienmaklers, der Fotos mit zauberhaften Villen im Schaufenster hängen hatte. Am vierten Tag machten sie einige Besichtigungen und mussten leider feststellen, dass die Häuser, die sie sich bestenfalls leisten konnten, weitab vom blauen Meer lagen, am Rande staubiger Dörfer, meist neben kleinen, aber lauten Gewerbebetrieben.

Zwar bot ihnen der Makler noch ein echtes Schnäppchen an, mit eigenem Pool und kaum einen Kilometer von der

Küste. Das stimmte. Nur: An dieser Küste war kein Strand! Enttäuscht und verärgert kehrten Egon und Irene unverrichteter Dinge zurück zu ihrem Wendelsteinblick. Dort erzählte ihnen ein Bekannter, dass ein Bekannter seines Chefs gerade furchtbar hereingefallen war mit einem Hauskauf in Spanien: Die Makler, die Hausbesitzer und sogar die Notare, das seien alles Halunken, die unter einer Decke stecken.

Egon und Irene atmeten auf. Ein Glück, dass sie sich nicht hatten verführen lassen! Es waren ihnen auch Zweifel gekommen, ob das Leben am Meer überhaupt das Richtige für sie wäre. Da gab es oft Quallen, Meeresspinnen und Strandwürmer. Ja, sogar Haie sollten schon bis in manche Badezentren vorgedrungen sein, allerdings hauptsächlich in der Karibik. Schade, die kam also auch nicht in Frage!

Irene holte im Reisebüro Prospekte asiatischer Länder. Egon erstand in der Buchhandlung einen Bildband über Neuseeland. Doch sie erfuhren, dass in Asien der Terror immer mehr um sich greift. Und dass der Flug nach Neuseeland sechzehn Stunden dauert!

„Irene", sagte Egon, als sie mal wieder traurig in der Küche saßen, „ich glaube, wir sind auf dem falschen Weg. Warum muss es denn so weit sein? Lass es uns doch einmal mit den Alpen versuchen! Warum sollen wir uns mit diesem bisschen Wendelstein begnügen?"

Sie fuhren nach Tirol, ins Engadin und in die französischen Alpen. Doch die Berge sahen für sie überall gleich aus, und schließlich konnten sie keine Felsen mehr sehen! Außerdem hatten sie sich zum ersten Mal so richtig gestritten, weil Egon auf einer Pass-Straße unbedingt wenden wollte. Irene erkannte, dass sie vor den Abgründen furchtbare Angst hatte – nein, das Gebirge mussten sie vergessen.

„Vielleicht ist es gar keine bestimmte Gegend, die wir suchen, sondern nur irgendein beschauliches Plätzchen für uns, irgendwo – ich meine: Vielleicht suchen wir nur uns selbst", sagte Egon, der ehemalige Lehrer. Das brachte Irene auf die Idee, Einsiedler zu werden, besser gesagt „Zweisiedler". Zum Beispiel im Süden Finnlands, an einem der tausend Seen, mit Hütte, Boot und Sauna. Oder in Schottland, in einem uralten Bauernhaus in den Highlands. „Oder wir schaffen uns ein Wohnmobil an und bleiben mal hier, mal dort – überall, wo wir es schön finden!"

Doch Finnland war zu teuer, Schottland zu nass, und das Wohnmobil erinnerte Egon zu sehr an Camping. Lustlos begaben sie sich auf ihren Jahresurlaub: Bardolino, Nebensaison, Pension „Aida". Dort hatten sie einen handfesten Ehekrach! „Du weißt nicht, was du willst!", schrie Irene. Und Egon konterte: „Und du willst etwas, das es nicht gibt! Eine einsame Hütte mit allem Luxus, eigenem Pool und Full Service, in den Bergen am Meer, und zwar eine Hütte, mit der man auch noch herumfahren kann!!"

In der zweiten Urlaubswoche kam bei Irene die Depression, die sie bis heute hat. In hoffnungsloser Stimmung und zutiefst zerstritten reisten sie vorzeitig ab. Sie wohnen immer noch in Pang, dritter Stock ohne Lift, Nordseite – allerdings getrennt: Egon vorn zur Straße, Irene nach hinten mit schrägem Bergblick. Nur das Badezimmer benutzen sie beide – zeitversetzt.

Ach, wie waren sie glücklich gewesen in dieser Wohnung, die sie gleich nach der Hochzeit bezogen hatten – fröhlich und zufrieden, sechsundzwanzig Jahre lang! Und jetzt? Keine Freude mehr, kein Spaß – schon gar nicht an Preisausschreiben.

Fast wahre Satiren

Lohn der Reue

„Ihre Papiere, bitte!" – Der Polizist war um die Sechzig, seine Kollegin sah aus wie kaum zwanzig. Der PKW-Fahrer saß brav in seinem Honda Accord, zückte Fahrerlaubnis und Fahrzeugschein: „Bitte sehr, Herr Verkehrskontrolleur."

„Wie schnell sind Sie denn da eben gefahren, über die Ampelkreuzung?" – Nachdenklich wiegte der Mann am Lenkrad den Kopf. „Vierzig, vielleicht fünfzig. Ich hab nicht auf den Tacho geschaut." – „Mindestens siebzig!", rief die blutjunge Polizistin bissig über die Schulter des älteren Kollegen.

„Was? Glauben Sie wirklich?", murmelte der Fahrer – nach einem schnellen Seitenblick – mit unglücklichem Gesicht. „Es kam mir wirklich vor wie vierzig, höchstens fünfzig, Frau Ordnungshüterin." Die weibliche Nachwuchskraft trat vor: „Außerdem war die Ampel schon gelb – hellrot, würde ich sagen! Deshalb fuhren Sie ja wohl auch so schnell, oder?" Ihr letztes Wort hatte etwas Schneidendes.

„Oh Gott, machen Sie mich doch nicht so fertig", stammelte der Lenker und fuhr sich nervös durch das Haar, „das ist ja wirklich schlimm. Was hätte alles passieren können! Ich bin untröstlich." – „Na, passiert ist ja nichts", brummte der ältere Beamte. „Aber es war eine Verkehrswidrigkeit. – Hier erstmal Ihre Papiere, die sind in Ordnung. – Mann, Ihnen zittern ja die Hände!"

Das stimmte. „Aber Herr Großpolizist", rief der Sünder etwas weinerlich, „wieso geben Sie mir denn den Führerschein zurück? Sie müssen mich doch aufschreiben, nach Flensburg melden und so weiter." – „Na, ich denke, eine Verwarnung genügt, Sie sind ja einsichtig." – „Eine Verwarnung? Etwa nur mündlich?? Das kann doch nicht Ihr Ernst sein, Herr Hauptpolizist! Ich habe mich vergangen an der Verkehrssicherheit. Ich muss bestraft werden, streng bestraft werden – hier, bitte: mein Führerschein!"

Die junge Polizistin staunte. Das entsprach alles überhaupt nicht der Schulung, die sie gerade hinter sich hatte. „Wenn er ein richtiges Strafmandat w i l l ", raunte sie ihrem Kollegen zu. Doch der schüttelte fast unmerklich den Kopf. Da wagte sich die scharfe Jungpolizistin noch mal vor: „Sie geben also zu, dass die Ampel in d e r Sekunde auf Rot umspringen musste?" – „Aber natürlich, Frau Verkehrsleiterin, wenn Sie es sagen, dann gebe ich es selbstverständlich zu!"

Dem erfahrenen Polizisten wurde die Szene langsam lästig. „Sind Sie also mit einer Verwarnung über fünf Euro einverstanden?" – „Nein! Nein!" – der Autofahrer schrie fast. „Das dürfen Sie nicht tun, ich habe eine viel schlimmere Strafe verdient. Wenn in dem Moment ein altes Mütterlein … oder eine junge Frau mit Kinderwagen … ich hätte doch gar nicht so schnell bremsen können, bei dem Tempo!" – „Lieber Herr, Sie nehmen die Sache zu ernst. Beruhigen Sie sich doch! Gleich können Sie weiterfahren."

„Weiterfahren? Ich weiterfahren?? Das kommt überhaupt nicht in Frage! Was denken Sie denn, Herr Polizeidirektor? Ich bin eine Gefahr! Ich bin ein Rowdy, der andere Menschen ins Unglück stürzt, hilflose Fußgänger über den Haufen karrt. Sie müssen mich aus dem Verkehr ziehen!"

„Wieso? Sie haben doch einen gültigen Führerschein." – „Nein, S i e haben ihn, Herr Generalpolizist." – „Keineswegs, ich habe Ihnen den Lappen doch zurückgegeben." – „Ach so. – Nein, nein, ich will ihn nicht! Hier, Frau Schutzmeisterin! Nehmen Sie ihn, verbrennen Sie ihn! Ich bin nicht würdig, ein Kraftfahrzeug zu lenken."

Jetzt war auch die junge Dame in Uniform etwas ratlos. „Lass uns hier Schluss machen", flüsterte sie ihrem Kollegen zu, „die andern fahren uns ja alle vorbei." Der Wachmeister kratze sich am Ohr. „Lieber Herr", sagte er zu dem zerknirschten Menschen am Steuer, „so wie Sie hat noch keiner lamentiert. Aber ich richte mich nach den Vorschriften. Eine konkrete Gefährdung ist nicht erfolgt, Alkohol war offenbar auch nicht im Spiel. Sie bereuen, dass Sie – mein Gott! – ein bisschen zu schnell waren, weil ja die Ampel jeden Moment umspringen konnte … Also, wir lassen Sie laufen – ich meine fahren."

Der Missetäter legte den Kopf auf das Lenkrad, seine Schultern zuckten, offenbar weinte er. „Gut, gut. – Ich danke Ihnen für Ihr Vertrauen, Herr Polizeipräsident. Ich werde es nicht missbrauchen. Ich fahre weiter, ja, aber höchstens dreißig! Und die Farbe Gelb kenne ich nicht mehr – jedenfalls nicht bei Verkehrsampeln."

Auf der nahen Kreuzung krachte es fürchterlich. Die beiden Uniformierten rannten zum Ort des Geschehens.

Der PKW-Fahrer ließ seinen Honda an und fuhr davon. Mit siebzig Sachen.

Wir treffen uns in der Halle

Um neun Uhr, nach einem leichten Dinner, sollte es losgehen. „Wir treffen uns in der Halle", hatte Tonkie gesagt, unser Organisations-Genie, „zieht euch ruhig ein bisschen flippig an, wir sind in New York!"

Wir, zwanzig Jungstars der Computer-Animation, hatten ein völlig nutzloses Seminar hinter uns, dessen Lernziele einige Lichtjahre hinter dem zurücklagen, was wir längst können. Zum Beispiel künstliche Welten schaffen, in denen sich richtige Menschen absolut natürlich bewegen, trotzdem aber völlig künstlich wirken durch den superperfekten Realismus des virtuellen Milieus. – Na ja, ich will hier nicht fachsimpeln, aber in Kunstwelten, da sind wir wirklich zu Hause.

Heute ging es freilich darum, die höchst reale Welt Manhattans zu erkunden! Das Institute for Modern Media Development (IMMD) hatte uns, die hoffnungsvollen Special-Effect-Youngster, überaus nobel untergebracht, nämlich im größten Hotel der Welt, dem höchsten Turmbau des Big Apple, direkt am Broadway, und zwar im obersten Executive-VIP-Floor, das heißt in der 180. Etage!

Das Hotel hatte den schlichten Namen „New World", und selbst wir, die noch viel neuere Welten kennen und schaffen, fanden den Namen durchaus nicht anmaßend: Was für ein Hotel! Neuntausend Zimmer und Suiten, 39 Restaurants, 51 Bars und Pubs, drei Dutzend Konferenz-Säle – so stand es in der Hochglanz-Broschüre, die in meiner Suite lag. Und dann der Ausblick! Von den obersten zwanzig Stockwerken hatte man einen gigantischen Panoramablick weit über Hudson und East River hinaus auf den Atlantik und tief nach New Jersey hinein; die Statue of Liberty sah von hier oben wie ein Souvenir von sich selbst aus. Ich muss sagen, auch die wirkliche Welt hat einiges zu bieten!

Um neun Uhr also sollte es losgehen. Zur strategischen Vorbesprechung der heißesten aller Nächte wollten wir einen Drink in der Halle nehmen, oder auch mehrere, und dann – auf ins Village! Zu unserer Clique gehörten auch drei weibliche Wesen, aber gerade die waren nicht zimperlich – wir hatten ja schon die südamerikanischen, iranischen und indischen Medien-Metropolen gemeinsam bereist. Allerdings: Mit dieser Metropole der Neuen Welt (und der danach benannten Herberge!) war das nicht zu vergleichen.

Nach dem kleinen Dinner im Restaurant 28 („Quick Apple") fuhr ich geschwind – in genau 31,5 Sekunden – mit dem Aufzug 52 hinauf zu meiner Suite Nummer 180-049, band meine grün-gold-karierte Fliege über dem schwarzen T-Shirt an, legte mir locker die neue Jacke um – ein Mittelding zwischen Smoking-Jackett und Edelparka: Manhattan-Style, wie ich dachte, ein bisschen festlich, ein bisschen salopp, ein bisschen verrückt, das fand ich passend. (Ich hatte Recht; in Manhattan passt nämlich alles.)

Um 20 Uhr 52 verließ ich bestens gelaunt meine Suite und ging vor zu den Liften. Die waren sehr clever in einem Karree von zwanzig mal zwanzig Metern angeordnet, so dass man den Aufzug, der als erster kam, von der Mitte aus in sechs bis acht Sekunden erreichen konnte, ehe sich dessen Türen wieder schlossen. Ich erwischte die Nummer 48 und fuhr hinunter.

Soviel hatte ich schon mitgekriegt: In den sechs oder sieben untersten Stockwerken der „Neuen Welt" lagen nur Gesellschaftsräume, keine Zimmer. Und ganz oben, noch über unserer VIP-Etage, befand sich das spektakuläre Roof Restaurant nebst Disco Hall und „Sky-Bar". Das gläserne Restaurant drehte sich innerhalb von nur neunzehn Sekunden um 360 Grad, so dass die Getränke immer leicht schräg im Glas standen und die Teller für die Mahlzeiten mit (unsichtbaren) Saugnäpfen gesichert werden mussten.

Ach ja, und dann gab es noch ein „Spa", das Health- und Wellness-Center mit fulminanter Sonnenterrasse (1400 Quadratmeter) im 48. Stockwerk, gleich über der Grand Lounge. – Moment mal! Über der Grand Lounge? Dann musste ja die Haupthalle dieses Hotels in der 47. Etage liegen. Schnell drückte ich den entsprechenden Touch-Button, und der Lift stoppte sanft wie eine Wolke. (Ich wunderte mich übrigens kein bisschen, dass die Hotelhalle offenbar rund 150 Meter über dem Straßenniveau zu liegen schien; es war dies halt das größte Hotel der realen Welt!)

Aus dem Lift trat ich in einen plüsch-besofaten Raum, in dessen fünfzehn Zentimeter hohem Teppichflor ich fast versank. Dies war freilich nur die Vorhalle zur Grand Lounge. Doch von fern drangen gedämpft menschliche Laute an mein Ohr, und zwar von einer zwölfteiligen Flügeltür her, auf die ich nun zuschritt.

Als ich noch drei Meter entfernt war, wurde der mittlere Flügel aufgerissen von schwarzen Hoteldienern in tadellosen Uniformen. Dann stand ich in der Großen Halle und sah mich nach meinen Kollegen um.

Doch sofort traten vier bezaubernde, wenn auch etwas kitschig gekleidete Girls auf mich zu – in USA ist jedes weibliche Wesen, wenn es sich folkloristisch präsentiert, ein Girl! In einer Art Flüsterkanon raunten die Vier mir zu: „Welcome! Have a drink! Feel happy!" Und eine ebenholzfarbene Schönheit, die mir ein Glas mit grünlichem Inhalt reichte, fügte mit rauchiger Stimme hinzu: „God is great."

Wo war ich? Jedenfalls nicht in einer normalen Hotelhalle! Von einem weit entfernten Podium an der gegenüberliegenden Wand drang anschwellender Gospelgesang zu mir herüber. Gerade wollte ich den grünen Gottestrank in einer Wandnische entsorgen, als mich eine festlich gekleidete kraushaarige schwarze Mama für „Gottes eigenen Staat auf den Felsen Manhattans" zu werben versuchte. Ich drückte ihr das Glas in die Hand, sagte (vielleicht etwas kurz) „Thank you" und verduftete.

Wieder im Lift (diesmal Nr. 40), fuhr ich weiter hinab. Auf den Knöpfen der mattgelb leuchtenden Etagenleiste las ich, so schnell es ging, Buchstaben, Abkürzungen, Zahlen, aber nichts, was dem Begriff Hotelhalle irgendwie nahe kam. Ich gestehe, dass ich in eine leichte Panik geriet. Und weil ja die Empfangshalle eines Hotels letztlich doch nach unten gehört, berührte ich blitzschnell den untersten Knopf.

„Atomic Air Raid Shelter" stand an der kahlen Betonwand, vor der ich landete. Nein! Im Atombunker dieser Hotelwelt hatte ich nun wirklich nichts zu suchen; mit zwei Schritten rückwärts war ich wieder in meinem geradezu wohnlichen, spiegelbesetzten und samtverkleideten Fahrstuhl und drückte – zugegeben wahllos – eine andere

Etage: „Lieber Gott auf den Felsen Manhattans, bitte, bitte, bring mich zu dieser verdammten Hotelhalle!"

Doch meine nächste Station war eines der fünf oder sechs Parkdecks der „Neuen Welt". Im Vorraum, neben dem gewaltigen, hoch komplizierten Gebührenautomaten hockte ein schmächtiger Indio, der gerade einem etwas beschwipsten Pärchen zu erklären versuchte, wie das Ding funktioniere. Typisch New York: Findest du keinen Job, dann er-finde dir einen! – Ich gab dem Mann ein paar Dollar und drückte wieder „aufwärts"; diesmal kam der Lift Nr. 1. Wow, wenn das kein gutes Omen war!

Doch wohin? Um Zeit zu gewinnen, wählte ich einfach das Roof Restaurant! Und im Hinaufschweben rief ich per Handy das Hotel „Neue Welt" in Manhattan an; die Nummer hatte ich gespeichert! In diesem Moment öffnete sich die Tür des Aufzugs, und ich trat hinaus in die sensationellste Glas- und Stahl-Konstruktion, die ich je sah – geradezu virtuell! – Da meldete sich auch schon die Zentrale – was wollte ich noch fragen? Ach so! „Excuse me, where is the main hall, which floor?" – „ We don't have one main hall, Sir, the world's greatest hotel has got eleven, no, twelve large and luxurious halls on several floors ..."

Ich trat an die entspiegelten Aussichtsfenster, jedes mindestens sechs Meter hoch, und blickte nach Süden. Doch von der faszinierenden Welt da draußen, die sich auf meiner Netzhaut abbildete, kam in meinem Hirn nicht viel an. Vielmehr kehrte Melancholie in mich ein, oder war es Resignation? Ich wandte mich zu den Liften. Welcher diesmal kam, weiß ich nicht mehr. Ich wählte von nun an irgendwelche Etagen, auf gut Glück, wie man so sagt, denn wenn man nicht weiß, wo etwas ist, dann kann es ja überall sein, nicht wahr?

Ich erinnere mich an ein Stockwerk mit fünf sternförmig angeordneten Fluren und sehr vielen Türen, die alle die Aufschrift „Meeting Room" und eine dreistellige Ziffer trugen. (Wussten Sie, dass manche Hotels in den Vereinigten Staaten Flure mit einer Gesamtlänge von mehr als hundert Kilometern haben?)

In einer Mischung von Mut und Verzweiflung betrat ich gleich den ersten Meeting Room. „Have a drink, feel happy", schallte es mir entgegen, und ehe ich noch begreifen konnte, dass ich bei der Makler- und Anlageberater-Vereinigung der East Side Appartment Holding gelandet war, hatte ich schon einen Dry Martini in der Hand – und im Magen. – Weiter, weiter!

Ich war dann noch in mindestens einem Dutzend anderer Have-a-drink-and-feel-happy-Rooms. Wenn ich mich richtig erinnere – was nach einer solchen Erfahrung nicht ganz einfach ist – besuchte ich das achtzigjährige Firmenjubiläum eines führenden Harlemer Beerdigungsunternehmens (Bourbon Whisky), ferner die Naturschutzliga des Staates New Jersey (Limonensaft on the rocks), das Komitee zur Rettung des Musicals „Stage Miracles" unter der Schirmherrschaft von Liza Minelli (ein scharfer Rum-Cocktail), das „Hunger-in-the-World-Councel der Stiftung RAINBOW (ein fabelhafter Cognac), das Vorstandsmeeting des Hotels „New World" (Mineralwasser) und so weiter. Am lustigsten war es übrigens bei dem Harlemer Bestattungsunternehmen!

Unvergesslich aber bleibt mir der Jahreskongress der weltbesten Magier. Zwei äußerst blonde Assistentinnen, sehr sexy in ihrem hautengen Artistendress, begrüßten mich am Entree und drückten mir ein leeres Weinglas in die Hand. Sofort füllte sich das, ganz von selbst, und zwar mit klarem Wasser. Dann musste ich weiter nach vorn gehen, zur Bühne; dort standen schon andere Gäste mit wasser-gefüllten Gläsern. Und nun verwandelte einer der Meister-Magier das Wasser in Wein, aber nicht irgendwelchen! Jeder, der ein Glas hielt, durfte sich seinen Lieblingswein wünschen: rot, weiß, rosé, welche Herkunft, welche Traube, welche Lage, welcher Jahrgang – und auch die edelsten Tropfen waren nicht ausgenommen. Hier blieb ich etwas länger! Der Saal war festlich geschmückt, allerdings im Stil eines altmodischen Varieté-Theaters. Die Bühnendekoration, die Requisiten der Zauberkünstler, die Beleuchtung, die Musik schienen, wie alles andere, original aus dem vorigen Jahrhundert zu stammen. Und auch die Menschen, die prominenten Magier, ihre jungen Assistentinnen, ihre Bewegungen, sogar ihr Lächeln, die Haltung der Musiker, das Applaudieren der Gäste – - alles war irgendwie irreal, nicht von heute, und trotzdem vollkommen naturalistisch. – Ich musste an unsere animierten Zukunftswelten denken. Dies hier war gewissermaßen die Umkehrung davon. Aber kein bisschen virtuell!

Nach dem dritten Glas schaute ich auf die Uhr: halb elf!

Während ich gedankenverloren die liebenswerten Zauberer verließ, wurde mir klar, dass ich meine sauflustigen Freunde heute wohl nicht mehr sehen würde. I got lost! Da zwitscherte mein Handy. Geradezu begierig drückte ich den grünen Knopf. Es war Tonkie, unser Organisations-Genie:

„Du, hör mal, ich bin hier im einundsechzigsten Stock, bei irgendwelchen Korea-Veteranen. Ich kann die verflixte Hotelhalle nicht finden. Von diesen ollen Kriegern weiß keiner Bescheid." Ungeheuer ruhig antwortete ich mit einer Gegenfrage: „Was gibt es bei denen denn zu trinken?" – „Reiswein. Und Coca Cola." Da empfand ich Mitleid. „Komm in meine Suite, 180-049, da wollen wir beratschlagen, wie wir die andern finden."

Rasch fuhr ich hinauf zu meinem wohl vertrauten Flur, öffnete meine höchst persönliche (elektronisch gesicherte) Tür und fühlte mich wie Odysseus, als er seinen geliebten Hund wieder sah. Glücklich warf ich mich aufs Bett (King Size, zwei mal zwei Meter). Schon summte es an der Tür. Ich drückte den Knopf, und herein trat Tonkie.

Sie sah hinreißend aus, wie immer. Sie trug einen Hosenanzug aus hellem Frottee, dazu ein orange-farbenes Hemd und goldene Sandalen.

„Welcome", sagte ich, „have a drink, feel happy!" – Es wurde noch ein sehr netter Abend.

God is great.

Kein Mörder

Als Bernd Ziemann siebenundzwanzig war, hatte er eine Affäre mit Olly Riviera, einer Nachtclub-Sängerin in Berlin. Eines Tages (oder Nachts) erfuhr er von einem Nebenbuhler. Obwohl ihn das – bei dem Beruf der Dame – eigentlich nicht allzu sehr überraschen konnte, wurde er fuchsteufelswild, schnappte sich einen kleinen Gauner aus der Szene, einen gewissen Kalle Michalski, und die beiden lauerten dem Nebenbuhler auf. Kalle musste Schmiere stehen, Bernd Z. schlug den Kerl zusammen, und als der die Waffe zückte, erschoss er ihn aus nächster Nähe.

Michalski wurde zwar gefasst, machte aber über den Täter und dessen Fluchtziel keine brauchbaren Angaben. Die Polizei unternahm ein paar routinemäßige Fahndungsversuche. Dann wurde der Fall, wie so viele, zu den Akten gelegt.

***

Zwei Jahre später geschah in einer süddeutschen Großstadt ein Raubmord, dem zwei Polizisten zum Opfer fielen. Der Täter war wieder Bernd Ziemann, der sich zu diesem Zeitpunkt allerdings anders nannte.

Es geschah im Tresorraum eines französischen Industrie-Unternehmens, dass er und sein Komplize Michalski, der viel von Tresoren verstand, beinahe auf frischer Tat ertappt wurden. Tatsächlich schnappte man wieder den kleinen Gangster, aber Ziemann konnte sich – samt der Beute – den Weg freischießen. Diesmal kriegte die Kripo

Michalski weich. Er verriet Ziemann, doch der war wie vom Erdboden verschwunden.

***

In den letzten Tagen des Zweiten Weltkriegs fuhr ein amerikanischer Colonel per Jeep durch Franken. Neben zwei Waldarbeitern, die die Chaussee entlang trotteten, stoppte er. „Show me the way to Ubbenhausen", bat er freundlich. Die Waldarbeiter starrten ihn an. Auf Deutsch fuhr der Colonel fort: „Da schauen Sie, was? Ja, wir kennen uns! Ich möchte meinen Vater besuchen. Wissen Sie was aus ihm geworden ist?"

Die Angesprochenen antworteten nicht, sondern ergriffen die Flucht. „Halt! Stehenbleiben!", rief der Offizier. Doch die beiden rannten panisch weiter. Da schoss er, zwei Mal.

***

Die schlimmste Zeit in Deutschland war vorüber. Ziemann traf seinen alten Kumpel Michalski in einem Café am Ku-damm wieder; solche unwahrscheinlichen Zufälle waren damals relativ häufig. Michalski, immer noch ein kleines Licht im Milieu, staunte über Ziemanns recht nobles Outfit. Der behandelte Michalski denn auch ziemlich herablassend. Von einer weiteren Zusammenarbeit wollte er ganz und gar nichts wissen. Da versuchte der mickrige Gauner, seinen ehemaligen Boss ein bisschen zu erpressen: Wenn er auspacken würde … Mord verjährt ja nicht … und so weiter.

Als Michalski es in den nächsten Monaten immer wieder versuchte, ließ sich Ziemann zum Schein auf ein gemeinsames Ding ein. Michalski wollte mit ein paar „Freunden" ein Warenlager der Amis ausräumen – todsichere Sache. – Bei diesem Bruch kam Michalski durch einen Schuss aus Ziemanns Waffe um sein bisschen Leben.

**

Kurzer Rückblick: 1937 erledigte Ziemann einen Nebenbuhler, der bei der schönen Olly Riviera ebenfalls verkehrte. Zwei Jahre darauf tötete er zwei Polizisten, als er in einem Tresorraum auf frischer Tat ertappt wurde. Nach dem Krieg erschoss er – in amerikanischer Uniform – zwei flüchtende Waldarbeiter, die ihm keine Auskunft über seinen Vater geben wollten. Und schließlich beförderte er auch noch den armen Michalski ins Jenseits.

Und doch: Einen Mörder darf man ihn nicht nennen.

**

1937: Jener Nebenbuhler war der Anführer einer terroristischen Vereinigung, die Hitler stürzen wollte. Ziemann, ein hohes Tier in der Schutztruppe des Führers, der SA, hatte den lange Gesuchten – aufgrund eines Tipps von Olly Riviera – aufgespürt und umgelegt. Der Dank der Partei war ihm gewiss. Der Fall wurde in aller Stille beerdigt.

1939: Inzwischen stand der flexible Ziemann bereits auf der anderen Seite. Als CIA-Agent hatte er den Auftrag, den Tresor der französischen Firma Mondial Trust auszuräumen, der brisante Dokumente enthielt, durch die amerikanische Konzerne, die der Regierung nahestanden, schwer desavouiert werden konnten. (Einige hoch geheime Konstruktionszeichnungen steckte er mit ein – daran hätten die Russen sicher Interesse!) – Leider wäre die ganze Sache um Haaresbreite schief gegangen, und nur mit letzter Not – und der letzten Kugel – entkam er. Freilich kann ein Special-Agent mit der Lizenz zum Töten nach so einem Vorgang spurlos untertauchen, zum Beispiel in den Weiten der USA.

Dort erhielt Ziemann zum Dank einen neuen Namen und neue Papiere. Er war nun Richard Robinson und amerikanischer Staatsbürger. In der Army machte er durch Mut und Tüchtigkeit rasch Karriere. Kurz vor Kriegsende traf er in Franken, nahe bei Ubbenhausen, seinem Heimatdorf – zufällig? – zwei Waldarbeiter, die in Wahrheit Gestapoleute waren. Die beiden hatten seinen Vater, der bis in den Krieg hinein überzeugter Kommunist gewesen war, ins KZ gebracht. Robinsons Schüsse waren aber nicht etwa ein Racheakt, sondern Recht und Pflicht eines amerikanischen Offiziers, der zwei Feinde an der Flucht hindern wollte. Und Soldaten sind schließlich keine Mörder!

Als der Krieg aus war, verwandelte sich Robinson wieder in einen Deutschen. Neue Papiere zu kriegen, war damals nicht schwer, weil viele Leute die alten verloren hatten. Sicherheitshalber schrieb er sich nun aber mit H: Bernd Ziehmann. Bei der Kripo suchte man dringend Leute „ohne Vergangenheit". Ziehmann bewarb sich.

Auch in dem neuen Job kam er durch entschlossenes Handeln und scharfe Vorgehensweise schnell voran. Dazu trug auch sein Erfolg im Falle der Bande bei, die jenes Ami-Vorratslager ausräumen wollte: Sechs schwere Jungs gefasst, ein vielfach vorbestrafter Gangster namens Michalski in Notwehr erschossen. Beförderung für Inspektor Ziehmann!

Seit 1968 bekleidete Bernd Ziehmann, der im wirklichen Leben ganz anders hieß, in Deutschlands höchster Behörde für Recht und Ordnung eine Spitzenstellung, wurde 1975 in den verdienten Ruhestand versetzt und erhielt bei dieser Gelegenheit das große Verdienstkreuz der BRD.

Über den Reichtum

In der teuersten Einkaufsstraße der Stadt ist der Gehweg so breit wie anderweitig die Straße selbst, die hier allerdings aus zwei Parallelen mit je drei Spuren und einem begrünten Mittelstreifen besteht. Trotzdem gibt es dort kein Gerase. Dazu ist der Verkehr zu dicht. Und die Autos sind so exklusiv, dass Schnelligkeit ordinär wirken würde – man will ja schließlich auch gesehen werden! Mit den Fußgängern ist es nicht anders. Man flaniert, man bummelt. Wer hier Eile zeigt, ist deplatziert. Was kümmert uns, die Reichen und Schönen, die Hektik des Lebens?

In der teuersten Einkaufsstraße der Stadt ist jedes Schaufenster ein Kunstwerk. Jeder Hauseingang ist ein Stück Architektur. Die kleinen grünen Inseln mit den sündhaft teuer gefüllten Vitrinen verbreiten mediterrane Eleganz auf höchstem Niveau.

In der teuersten Einkaufsstraße der Stadt gibt es selbstredend keine Bettler. Vor kurzem allerdings wurde in der Öffnung zu einer Passage, in der sich ein Kunst-Kino, ein Zeitgeist-Café und ein berühmter Modefriseur befinden, immerhin ein Straßenmusikant gesichtet. Der Mann war freilich phänomenal! Auf Gläsern und Flaschen spielte er klassische Musikstücke in einer Perfektion, dass die konzert-verwöhnten Passanten in dichten Trauben stehen blieben, obwohl das zweifellos etwas unschicklich war. So schön hatten sie die Kleine Nachtmusik noch nie gehört!

Eine Woche dauerte das bemerkenswerte Spektakel, dann hatte die Polizei dem unangebrachten Treiben ein Ende gemacht. Auf der Wache gab der hoch begabte, aber leider stellungslose Musiker auf Befragen an, er habe täglich bis zu fünfhundert Euro mit seiner Kunst verdient. Umso unsittlicher fanden die Beamten und die Organe der Justiz sein unlizensiertes Auftreten in der teuersten Einkaufsstraße der Stadt.

In der teuersten Einkaufsstraße der Stadt – etwa in der Mitte, gleich neben dem ungemein vornehmen Fünf-Sterne-Hotel – gibt es einen Hauseingang von besonders stilvoller Pracht. Er gehört zu einem Geschäftshaus, dessen Mieterschaft sich auf bronzenen Tafeln liest wie das Who-is-who der deutschen Wirtschaft. In dieser Lage ist so ein Objekt gut und gern zwanzig Millionen wert.

Manchmal, nicht selten, hockt auf den breiten Stufen eine hagere alte Frau. Ihre Kleidung ist – möchte man sagen – noch älter als sie, aber mindestens genau so faltig. Die Frau bettelt nicht. Sie singt. Ganz leise murmelt sie einen Gesang vor sich hin. Man versteht die Wörter nicht, so leise ist ihre Stimme. Ihre Augen blicken so traurig, dass man auch ihr Lied unwillkürlich für einen Ausdruck von Tragik und Weltschmerz hält.

Peinlich berührt eilen die noblen Passanten vorbei, um sich bei der nahen Polizeiwache zu beschweren: Eine solche Jammergestalt – auf der teuersten Einkaufsstraße der Stadt! Doch die Beamten belehren die Beschwerdeführer unermüdlich: Da könne man nichts machen.

Ja, wie denn das? Warum denn nicht?

Ich habe mich einmal, schon gegen Abend, als der Betrieb ringsum abebbte, neben die alte graue Frau gesetzt. Sie sang wieder. Und ich verstand wenigstens einen Teil ihres Liedes:

Geht vorbei, vorbei! Geht in die Läden,
die feinen Läden, die nicht für jeden.
Kauft feine Sachen zu hohen Preisen,
denkt nicht an hungernde Negerwaisen.
Esst und trinkt das Beste vom Besten!
So mancher könnt leben von euren Resten.
Mit jedem, der hier vorüberzieht,
werde ich reicher. – Hört ihr mein Lied?

Es war mehr ein Gestammel als ein Gesang. Vielleicht hatte ich manches auch nicht richtig verstanden. Aber was sollte das denn bitte heißen: „Mit jedem, der hier vorüberzieht, werde ich reicher?" Dieses Bündel Mensch meinte offenbar eine sehr transzendentale Form von Reichtum: Menschenerkenntnis oder die Einsicht in die Verlorenheit der Welt ...

In der teuersten Einkaufsstraße der Stadt – genauer gesagt: in einer Nebengasse – befindet sich auch die schon erwähnte Polizeiwache des Viertels. Ich fragte dort, warum man diese Unperson, die Tausenden ein Ärgernis sei, nicht endlich entferne, und ich würde die Presse, die Radiosender, das Fernsehen mobilisieren, wenn nicht bis zum – – –

Der wachhabende Offizier, leicht provoziert, antwortete: „Beruhigen Sie sich! Wir haben da keine Handhabe. Die Frau bettelt nicht. Und sollte es sich doch um eine Form von Bettelei handeln, so geschieht diese auf eigenem Grund und Boden, was nicht verboten ist. Ja, der Dame" – er sagte Dame – „gehört nicht nur das Eingangsportal, sondern das ganze Haus."

Entscheiden tut weh

Dr. Thorsten Kluge leitete einen Mischkonzern, der aus dem Mutterhaus und diversen Tochterunternehmen bestand – das Ganze war ehemals ein Betrieb, der simple Büroartikel herstellte. In den letzten zehn Jahren hatten sich die Zeiten freilich geändert: Der Computer trat seinen Siegeszug an. Alles, was im Bürowesen benötigt wurde, musste gewissermaßen neu erfunden werden. Das Großraumbüro, die vernetzten Rechner, die Revolutionierung der Archivsysteme – dies und noch viel mehr waren tägliche Herausforderungen für die Kreativität und Innovationsfähigkeit des General Managers Kluge und seines Teams. Jede der Tochtergesellschaften beackerte eines der neuen Felder und war dabei weitgehend eigenständig. Doch musste natürlich jemand den Gesamtüberblick haben, die richtungweisenden Entscheidungen treffen, und das war Thorsten Kluge, Betriebswirt mit dreißig Jahren Erfahrung – ein Macher, ein Könner, ein Entscheider.

Seine Entscheidung, vor allen anderen in das Geschäft mit den neuen Systemen einzusteigen, seine Entscheidung, einige Führungspositionen mit Spezialisten aus den USA zu besetzen, seine Entscheidung, k e i n e eigenen Computer zu bauen – alles richtig, alles weitsichtig und zur rechten Zeit entschieden.

Eines Tages, während einer Sitzung mit einem Unternehmensberater, der drei Optionen für die Vermarktung einer Neu-Entwicklung präsentiert hatte, wurde Dr. Kluge um sein letztes Wort, seine Entscheidung gebeten. Er saß stumm da, fast eine Minute lang. Dann ergriff er einen Aktenordner und warf ihn dem Unternehmensberater an den Kopf. Der blutete leicht, dachte aber im ersten Augenblick, die Sache wäre eine Ungeschicklichkeit gewesen: Dem Herrn Direktor Dr. Kluge wäre – gewissermaßen im Eifer des Gefechts – die Hand ausgerutscht. Aber der Herr Direktor stand abrupt auf, trat gegen das sündteure digitale Projektionsgerät und schrie über die entgeisterten Sitzungsteilnehmer hinweg: „Ich scheiß drauf. Macht euren Scheiß alleine!"

Zwei Prokuristen nahmen ihren Chef bei der Hand, führten ihn in einen Ruheraum und verständigten den Betriebspsychologen. – Die Sitzung war beendet.

Dr. Thorsten Kluge nahm sich Urlaub sowie einen berühmten Therapeuten, einen Frust-Spezialisten für schwere Fälle. Dieser Professor beurteilte das Vorkommnis indessen nicht allzu ernst: „So was passiert fast täglich in unseren Chefetagen, mein lieber Doktor Kluge, Sie sind – sozusagen – ein Normalfall. Aber ich halte nicht viel von den großen Therapien. Sie müssen nicht auf die Couch. Und nicht in die Psychiatrie. Sie brauchen einfach Ruhe und Abstand. Ja, Abstand von dem ganzen Berufswahnsinn! Nicht Sie sind irre – ach, was! – irre ist das, was Sie da täglich zu tun haben. Und das Zuviel an konstruktiver Leistung verkehrt sich irgendwann – meist urplötzlich – ins Gegenteil, in die pure Destruktion." – Soweit die teuer bezahlte Kapazität mit einem aufmunternden Lächeln.

Zwei Tage später rief der optimistische Professor seinen hochkarätigen Patienten an. Er habe eine Idee, die ganz gewiss hilfreich sein könne – nach aller Erfahrung. Ein Verwandter seiner Frau betreibe im Schwäbischen einen Bauernhof. Dort gäbe es zwei oder drei Gästezimmer, recht komfortabel, aber zu dieser Jahreszeit nicht belegt. „Ich rate Ihnen, verehrter Herr Doktor Kluge, gönnen Sie sich ein paar Wochen, am besten ein Vierteljahr, in dieser völlig konträren Umgebung. Werden Sie ein Landmann auf Zeit! Leben Sie mit diesen Bauersleuten auf deren Art, beschäftigen Sie sich mit deren Alltagsfragen, gehen Sie ihnen ein wenig zur Hand – nicht als einfacher Knecht selbstverständlich, sondern als Anteil nehmender Freund des Hauses. Ich garantiere Ihnen: In ein paar Wochen werden Sie wie ausgewechselt sein. Sie werden ihre eigenen Alltagssorgen – wenn überhaupt! – mit dem Abstand sehen, den der Bauer gegenüber den Naturgewalten aufbringt." (Und so weiter.)

Dr. Kluge folgte dem Rat des Professors und fand sich kurz darauf im Dorf Tafertsweiler wieder, auf der Schwäbischen Alb, wo sie am kahlsten ist. Die Bauersleute, eine Familie Weiland, hatten großen Respekt vor dem reichen Herrn aus der Stadt und trauten sich natürlich nicht, ihn wie ihresgleichen zu behandeln. Ja, sogar sie selbst benahmen sich oft nicht so wie sie selbst! Doch Dr. Kluge – „Sagen Sie einfach Thorsten zu mir!" – wollte am täglichen Leben der Familie teilhaben und dafür auch etwas leisten.

Aber was? Man konnte doch dem Herrn Direktor nicht zumuten, mit aufs Feld zu gehen, die Kühe zu hüten oder gar Jauche auszufahren! Bauer Weiland dachte lange nach. Dann fielen ihm die Kartoffeln ein.

„Sie, Herr Doktor Thorschten, drunten im Keller – im Souterrain, mein ich, – da sind noch ein Haufe Kartoffel. Manche kann man noch brauche, die andere krieget die Schweine. Die großen davon, die dickeren, sind halt schon ein bissle auskeimt. Gucken se mal mit mir runter, wenn's nix ausmacht, Herr Doktor … Da, das Weiße, das sind die Keim. Wenn die noch klein sind, nur so weiße Spitzle – das macht nix. Aber wenn sie schon so lang sind wie da, das isch net gut. – Ach so, ja: Und wenn sie ganz klein sind, die Kartoffel, auch wenn sie gar noch keine Keim haben, das isch au net gut. Weil die dann halt zu klein sind. – Und jetzt, bitte, könnte Se vielleicht die, die noch gut sind, da hinschmeiße, nach links, und die anderen, die nix mehr tauge, bitte dort hin, nach rechts, gell?"

Dies war die längste Rede, die Bauer Weiland seit ein paar Jahren gehalten hatte. – „Ach", setzte er noch hinzu: "Um halb zwölfe gibt's Mittag, wie immer." Dann stapfte er nach oben in den Stall.

Stunden vergingen.

Als der Herr aus der Stadt nicht zum Mittagessen erschien, schaute die Bäuerin einmal nach, drunten im Keller, denn so viele Kartoffeln waren es ja gar nicht.

Sie fand einen gebrochenen Mann vor. Dr. Kluge, General Manager des modernsten Kommunikationskonzerns, saß mitten in dem Kartoffelberg, der noch kaum berührt war, wie ein Häufchen Unglück, das Haar zerrauft, Tränen in den Augen, mit irrem Blick nach rechts und links starrend.

„Ja, um Gott's willen, lieber Herr Thorschten, was isch denn los? Was isch denn passiert?"

Laut schluchzte Dr. Kluge auf und schüttelte dabei wild den Kopf. „Nichts ist passiert, liebe Frau. Aber: Das ist zuviel für mich, das ist einfach unmöglich!" – „Ha was denn? Das ist doch koi schwere Arbeit! Das sind doch bloß alte Kartoffle."

Thorsten Kluge warf sich der Länge nach auf den Kellerboden. Er stöhnte wie ein verletztes Tier: „Aber jede Kartoffel eine Entscheidung! Jede Kartoffel eine Entscheidung!"

***

Ja, entscheiden tut weh. – Der Aufsichtsrat des Konzerns entschied übrigens, Herrn Dr. Thorsten Kluge wegen seiner vorzeitigen Vertragsbeendigung eine Abfindung in dreistelliger Millionenhöhe zuzubilligen.

Der Klügere gibt auf

Balthasar hatte eine Idee, eine große Idee.

Und er hatte einen Bruder: Bernhard. Oft sind Brüder einander ähnlich. Aber Bernhard hatte selten eine Idee, eigentlich nie.

Die große Idee, die Balthasar eines Nachts zwischen zwei Träumen gekommen war, ließ sich gar nicht so leicht beschreiben; dafür war sie einfach zu groß. Aber ihr Schöpfer hatte den unbändigen Drang, sie in Worte zu kleiden, sie mitzuteilen – vielleicht, um sie selbst erst richtig zu ermessen.

Doch er mochte diesen wunderbaren, grandiosen Gedanken, der die Welt verändern würde, nicht in dürren sachlichen Worten zu Papier bringen, gar mit Zeichnungen und Diagrammen, wie ein Statistiker. Nein, er wollte schwärmen von seinem unerhörten Einfall, ihn ausmalen und seine vielfältigen Auspizien mit den Flügeln der Phantasie ausstatten. Man sieht schon: Balthasar war ein kreativer, impulsiver, sensitiver Mensch.

Eines Nachmittags begab er sich hinaus vor die Stadt – zu Fuß, denn die vulgäre Straßenbahn hätte ihn aus der Stimmung gebracht. Und er sagte sich beim Wandern seine Idee halblaut vor, immer wieder, und immer wieder in neuen Worten und mit anderen Ausschmückungen, was die fabelhaften Folgen betraf.

So kam er an einen Fluss, an dessen Ufer ein gemütliches Wirtshaus stand. Dort kehrte er ein, trank und aß, aß und trank – mehr als ihm gut tat. Dabei bekam seine

Idee wahrhaft globale Züge, menschheitsbeglückende Dimensionen. Es fielen ihm auch, im Zustand der leichten Euphorie, noch etliche Verfeinerungen für den weltweiten Gebrauch der Idee ein. Als er seinem Tischnachbarn, einem Hufschmied aus dem nahen Dorf, darüber berichten wollte, versagte allerdings seine Formulierungskunst vor dessen stumpfem Desinteresse.

Balthasar ging heim, nicht leichten Schrittes, sondern schwer beladen von der Bürde einer so bedeutenden Sache, die er noch niemand hatte vorstellen können, um ihre Kraft auf die Probe zu stellen, ihre Bedeutung zu hinterfragen oder sie – notfalls – zu verwerfen.

Ein kreativer Mensch ist eben nie sicher. Und ein sicherer Mensch ist nie kreativ.

Bernhard, Balthasars Bruder, befand sich derweil daheim vor dem Fernsehgerät. Den ganzen Tag über hatte er Veranlassungen getroffen, Angelegenheiten geregelt und Dinge auf den Weg gebracht; er war müde und zufrieden. Nein, mit Ideen, gar weltverändernden, hatte er heute nicht das Geringste zu tun gehabt, gestern auch nicht, eigentlich noch nie.

Da stürmte Balthasar in Bernhards Stube und rief: „Ich muss dir etwas erzählen!"

Bernhard kannte Balthasar, schließlich war er sein Bruder. Auch wenn er ihn eher für so etwas wie einen Außerirdischen hielt, im Laufe der Jahre hatte er sich an die Phantastereien seines jüngeren Bruders gewöhnt. Er wusste auch, dass es kein Entrinnen gab, wenn Balthasar etwas zu erzählen hatte. Innerlich weinend schaltete er den

Fernseher aus, öffnete eine Bierflasche und sah Balthasar ausdruckslos an.

Es dauerte – nein, nicht drei Tage, so kam es Bernhard nur vor – drei Stunden, da hatte Balthasar seine epochemachende Idee vor Bernhard ausgebreitet. Über lange Strecken war der zwar ein wenig eingenickt, aber in den Wachpausen geschah etwas Unerhörtes, noch nie Dagewesenes: Bernhard hatte Balthasars Idee begriffen. Und: Er fand sie marktfähig!

Selten hatten sich die ungleichen Brüder so verbunden gefühlt. Beide gingen erfüllt zu Bett. Schade, dass dies nicht das Ende der Geschichte ist.

Am nächsten Tag hatte Bernhard gründlich nachgedacht und einen Plan entwickelt. Ein Plan ist in so einem Augenblick ganz entscheidend. Eine Idee ohne einen Plan – was wäre das schon? Nur Gedankengewölk. Aber mit einem Plan wird sie zur Initiative!

Natürlich bestand das Ziel des Planes darin, der Idee zum glanzvollen Durchbruch zu verhelfen. Balthasar war begeistert. Bernhard bat ihn in das Hinterzimmer eines unscheinbaren Restaurants, wo nur stupide Bürger verkehrten und weder Mafia noch Geheimdienst zu befürchten waren. Hier erläuterte er Balthasar bei mehreren Bieren beziehungsweise Schoppen, was er vorhatte: Er wolle eine Front aufbauen, die Balthasars Idee mit allen Mitteln bekämpfe, ja bekriege!

Balthasar war entsetzt! Aber Bernhard erklärte ihm, die Idee sei so stark, so groß, so erhaben, dass kein Gegner sie ernsthaft gefährden könne. Folglich würde jede Opposition dawider den Glanz, die Klasse seiner Idee nur steigern! – Balthasar fand das irgendwie unnötig. Aber Bernhard war schließlich – im Gegensatz zu ihm selbst – ein erfolgreicher Geschäftsmann.

Bernhard fuhr fort, er habe einen guten Freund; der sei ein wichtiger Mann in der zuständigen Behörde und ihm ein wenig verpflichtet. Den würde er leicht gewinnen können, sich gegen Balthasars Idee aufzulehnen, sie in Grund und Boden zu verdammen. Der Mann gehöre außerdem der richtigen Partei für so etwas an, und habe es ohnehin nötig, sich mal wieder ordentlich zu profilieren.

Balthasar verstand nur, dass Bernhard um die große Idee eine Art Streit inszenieren wollte. Das war ihm aber gar nicht recht. Seine Idee war unbestritten grandios!

Bernhard lächelte matt. Er solle ihn nur machen lassen. „Natürlich müssen wir auch die Gewerkschaften einbinden", sagte er schon mehr zu sich selbst, „und die wichtigsten Wirtschaftsverbände auf der anderen Seite." Mit leicht euphorischem Gesichtsausdruck bestellt er sich noch ein großes Bier und für Balthasar einen Schoppen vom besten Wein.

„Mein Gott, und die Medien, die Medien!" Versonnen schaute er auf den Fernseher, der im Hinterzimmer der Kneipe stand, und ging im Geiste die einundvierzig Kanäle und deren Programme durch. In jeder, aber auch jeder Talkshow musste die Idee durchgequatscht werden, je öfter desto besser, egal ob pro oder contra.

„Balthasar! Wir sollten so schnell wie möglich eine Pressekonferenz abhalten. Schreibe mir dafür bitte deine Idee kurz auf, wohlgemerkt: kurz! Und zwar so, dass hauptsächlich von den fabelhaften Zukunftsaussichten die Rede ist. Je kürzer und ungenauer du die Idee selbst beschreibst, desto mehr werden die Journalisten danach fragen. Aber: Wir verraten natürlich nicht den Kern der Sache! Du wirst sehen, es macht die Leute neugierig wie verrückt, wenn das Ganze etwas Geheimnisvolles hat."

Die Pressekonferenz – im teuersten und besten Hotel der Stadt – war ein Riesenerfolg. Nur Balthasar gefiel sie nicht. Er durfte dort lediglich seinen kurzen Text vorlesen, den Bernhard noch weiter zusammengestrichen hatte. Dafür schmückte Bernhard die Vorzüge der Idee derart schamlos aus, dass Balthasar in aller Bescheidenheit schon protestieren wollte. Aber Bernhard schob ihn kurzerhand zu den Fotografen hinüber: „Ein Bild sagt mehr als tausend Worte, Brüderchen."

Am Tag darauf gründete Bernhard den Verein PRO IDEE sowie – mit Hilfe jenes Freundes – die Interessengemeinschaft ANTI (Abwehr nicht tolerierbarer Ideen). Beide Organisationen gingen sofort wild aufeinander los. Da Sommer war, brauchten die Medien dringend Stoff und waren glücklich über den Ideenstreit, der jede Menge Sendezeit und Pressespalten füllte. Die politischen Parteien, die Kirchen, die maßgeblichen Lobby-Verbände, die Gewerkschaften – alle gingen gegeneinander in Stellung. Und sogar einige Film- und Popstars, die es nötig hatten, stellten ihre Kunst in den Dienst der Sache – sowohl pro als auch anti. Bernhard strahlte!

Balthasar war in die Einsamkeit der Berge geflohen. Er konnte den entsetzlichen Rummel nicht mehr ertragen. Zumal ihm Bernhard streng verboten hatte, sich jemals allein interviewen zu lassen oder gar mit seiner Idee im Fernsehen aufzutreten. „Die Idee darf nicht zerredet werden!", waren seine ständigen Worte. Nach Balthasars

Meinung wäre es aber gerade darauf angekommen, über seine Idee ausführlich und in aller Ruhe zu sprechen, sie von allen Seiten her durchzudiskutieren und dadurch vielleicht zu bereichern. Aber davon wollte niemand etwas wissen, Bernhard schon gar nicht.

In den Fernsehsendungen und den Presseschlachten, bei den Kundgebungen der Parteien und Gewerkschaften sowie auf den Kanzeln der Kirchen spielte seine Idee, so fand Balthasar, fast gar keine Rolle mehr. Jede Interessengruppe griff sich nur diejenigen Aspekte heraus, die ihrer Klientel eventuell nützen oder schaden würden, und setzte sich entsprechend vehement dafür oder dagegen ein.

In seiner einsamen Berghütte ging Balthasar endlich daran, seine umwälzende Idee zum ersten Mal richtig zu Papier zu bringen; dazu war ja bis jetzt gar keine Zeit gewesen. Und Bernhard hatte es ihm sogar ausdrücklich untersagt.

Anfangs machte die Arbeit gute Fortschritte. Doch je tiefer Balthasar eindrang in die Hintergründe seiner Idee, desto öfter blieben Fragen offen. Er sah sich außerstande, die Konsequenzen in allen Richtungen und unter allen Gesichtspunkten auszuloten. Das bremste seinen Elan und machte ihn unsicher.

Balthasar war ein recht guter Schachspieler. Aber mehr als drei oder vier Züge im Voraus konnte auch er den Verlauf des Spiels nicht durchdenken. So sei es kein Wunder, fand er, dass ihm auch die Auswirkungen seiner Idee, die Konsequenzen der Reformen, die sie nach sich ziehen würde, und erst recht die Folgen dieser Konsequenzen sowie deren Sekundärfolgen auf allen Lebensgebieten und in jeglichem Teil der Welt teilweise unklar blieben. Und doch litt er darunter. Er sagte sich: Wenn ich nicht weiß, was meine Idee am Ende auslösen wird, ob es gut oder schlecht sein wird für die Menschen oder doch wenigstens einen Teil von ihnen – wie kann ich dann uneingeschränkt diese Idee bejahen und in die Tat umsetzen wollen? Es ist doch verantwortungslos, ins Blaue hinein die Welt zu verändern! Man kann ja nicht einfach auf gut Glück alles auf den Kopf stellen! Er schauderte bei dem Gedanken, was er anzurichten im Begriff war.

Ein weniger kreativer Kopf, als Balthasar es – leider – war, hätte vielleicht gar nicht die Phantasie besessen, sich Nacht für Nacht in entsetzlichen Details auszumalen, was geschehen könnte, wenn seine Idee tatsächlich verwirklicht würde. Und ein weniger verantwortungsbewusster Mensch hätte gewiss nicht so schrecklich unter diesen Horrorvisionen gelitten.

Er musste sofort den ganzen Wahnsinn stoppen – das war die Lösung!

Aber daraus wurde nichts. Balthasar befiel eine seltsame Krankheit; er wurde krank vor Zweifel und Verzweiflung. So legte er sein unvollendetes Manuskript zur Seite und sich ins Bett.

Wie so oft: Der Klügere gibt auf.

Während Balthasar in seiner Berghütte auf Genesung hoffte, hatte drunten im Land der Wahlkampf begonnen! Kein gewöhnlicher Wahlkampf, sondern einer außer der Reihe. Es war nämlich durch den Streit um Balthasars Idee zu einer Regierungskrise gekommen. Der ungeklärte Tod eines hohen Wirtschaftsfunktionärs, der mit den Auseinandersetzungen zwischen PRO IDEE und ANTI in Verbindung gebracht wurde, führte zum Rücktritt mehrerer Minister. Gewalttätige Demonstrationen erschütterten die großen Städte. Notstandsgesetze wurden erlassen. Aber es half alles nichts. Eines Tages war die Regierung gestürzt.

Der Wahlkampf nahm – aufgeheizt durch Intrigen, Bestechungsaffären, Geheimdienstskandale, Verleumdungsprozesse und Gewaltakte – fast bürgerkriegsähnliche Formen an. Bernhard hatte eine neue Partei gegründet, die sich einen beachtlichen Wahlerfolg versprechen durfte. Sie hieß einfach PRO (ohne „Idee"!), nämlich Partei für Recht und Ordnung.

Am Tag nach der Wahl stand es fest: Das Volk wollte genau das: Recht und Ordnung. Statt Chaos, Umwälzung und Reformen voll Unsicherheit.

Die Lage beruhigte sich. Der neue Innenminister – nämlich Bernhard – konnte die Notstandsgesetze der Vorgänger-Regierung wieder aufheben, was ihn noch populärer machte. Ein Grenzkonflikt in Fernost, der gefährlich zu eskalieren drohte, füllte die Medien. Die Leute kamen so auf andere Gedanken, zumal Weihnachten vor der Tür stand.

Die Idee war tot.

Als der Winter zu Ende ging und die Schneemassen schmolzen, fand man die Berghütte, in der Balthasar gewohnt hatte, verlassen und teilweise abgebrannt. Nach dem umfangreichen Manuskript suchte niemand; es wusste ja keiner davon. Und auch nach Balthasar krähte kein Hahn mehr; es hatte ihn ja kaum jemand gekannt. (Bernhard dachte: Irgendwo wird er wohl wieder etwas Neues ausbrüten – Hauptsache nicht hier!)

Bleibt noch die Frage, was es denn eigentlich für eine Idee war, die beinahe die Welt erschüttert hätte. Das wusste freilich schon damals niemand so recht, außer Balthasar selbst. Doch inzwischen ist sie gänzlich vergessen, die Idee – wie ihr Schöpfer.

Vers-Erzählungen

Der Löwe, der sanft war

(Nach Ernest Hemingway)

Es war ein Löwe, der wohnte in Afrika.
Jedoch er war anders als die üblichen Löwen.
Die üblichen Löwen warn böse, warn Raubtiere nur.
Sie fraßen jeden Tag Gnus, Antilopen und Zebras.
Doch:
Am liebsten fraßen sie fette indische Händler.
Ja, indische Händler warn ihre Delikatesse.

Der Löwe, der anders war, hatte Flügel am Rücken.
Drum machten die üblichen Löwen sich über ihn lustig.
Die üblichen Löwen brüllten – brüllten vor Lachen!
Sie schnappten frech nach den Flügeln des andern Löwen.
Doch:
Der wich ihnen aus, weil sie böse warn und gemein.
Da fraßen sie noch einen Händler – vor seinen Augen!

Die Frauen der Löwen tranken des Händlers Blut.
Sie schleckten sich ihre Mäuler mit gierigen Zungen
wie große Katzen. Verkrustet warn ihre Barthaare
von all dem Blut und Fett der indischen Händler.
Doch:
Der andre Löwe erbat einen Saft – aus Tomaten!
Da brüllten sie – ohne zu lachen:
„Was bist du für einer?“

Sehr ruhig begann der sanfte Löwe zu sprechen:
„Mein Vater wohnt in einer Stadt in Italien.
Er steht dort beim Glockenturm hoch auf der Säule,
unter sich tausend Tauben und vier goldne Pferde.

Doch:
Die Pferde heben den Huf, denn sie fürchten ihn.
Und die Stadt hat mehr Paläste als Afrika!" -

„Du bist ein Lügner", brüllte die schlimmste Löwin,
„so eine Stadt existiert nicht!" – Der Löwe fuhr fort:
„Oh ja, und kein lebender Löwe, kein richtiges Pferd
sind dort zu sehn. Die Menschen dort fahrn in Booten.
Doch:
Wer meinen Vater sieht, den geflügelten Löwen,
und all die Tauben, der fühlt sich zu Hause und sicher." -

„Gleich fressen wir dich, mit Haut und Haar und allem!"
schrien nun die üblichen Löwen mit gelben Augen.
Da packte die Angst den sanften Löwen. Er fühlte:
„Es wird nun Zeit, sie schlagen schon mit dem Schweif.
Doch:
Ich habe ja Flügel!" Und schon flog er fort behende
aus ihrem Dunstkreis blutvergifteten Atems.

„Was sind diese Löwen für Wilde!", dachte er, kreisend
über der Meute, stieg höher, nahm Kurs auf Venedig.
Er landete auf der Piazza, begrüßte den Papa
mit einem Kuss auf die bronzenen Hinterbacken.
Doch:
„Komm, Junge", sagte der, „gehn wir zu Harry's Bar!
Du musst mir erzählen, wie's war, dort in Afrika!"

Bei Cipriani in Harry's Bar war alles beim alten.
Nur fühlte der Löwe sich anders, so welterfahren!
„Haben Sie Sandwich mit indischem Händler, bitte?"
fragte er Cipriani. – „Nein, tut mir leid.
Doch:
Ich kann welche holen lassen." Da war der Löwe
glücklich – daheim, und zugleich ein Löwe von Welt!

Der Stier, der treu war

(Nach Ernest Hemingway)

Der Marques von Villamayor besaß einen Stier,
einen jungen Stier, doch Ferdinand hieß er nicht!
Er machte sich auch nichts aus Blumen.
Im Gegenteil!
Er machte sich nur was aus Kämpfen!

Der Marques von Villamayor war stolz auf den Stier,
denn sein schwarzes Fell glänzte wie wertvoller Samt.
Sanft glänzten auch seine Augen?
Im Gegenteil!
Sie blitzten so klar wie Sterne!

Immer fragten sie nur das eine: Wer möchte kämpfen?
Denn kämpfen, das war nun mal seine Leidenschaft.
Kam ein größerer, ging er zur Seite?
Im Gegenteil!
Er kämpfte und war ein Champion!

Seine Hörner, so glatt und hart wie das härteste Holz,
sein morillo, der Nackenmuskel, ein fester Hügel,
das machte aus ihm einen Raufbold?
Im Gegenteil!
Er kämpfte niemals aus Bosheit!

Dieser Stier des Marques von Villamayor war Kämpfer,
weil er liebte zu kämpfen. Er tat es mit tödlichem Ernst.
Also dachte er nur ans Siegen?
Im Gegenteil!
Er hatte keine Gedanken!

Er suchte den Kampf als Zeitvertreib und Vergnügen.
So wie Menschen gern essen oder zum Stierkampf gehn.
Dann wurde er also ein Kampfstier?
Im Gegenteil!
Man bestimmte ihn für die Zucht.

Der Marques von Villamayor war ein kluger Züchter.
Anstatt so ein Tier zu opfern in einer corrida,
wollt' er das Blut dieses Stieres
- im Gegenteil! -
seiner wertvollen Herde vererben.

Und man brachte ihn zu den Zuchtkühen auf die Weide,
und gleich sah er da eine, die war die schönste von allen.
Und so tat er, was man erwartet?
Im Gegenteil!
Seine Seele entbrannte in Liebe!

Er berührte zärtlich die Schöne, strich mit der Zunge
ganz sanft ihr über den Kopf, das große Gesicht.
- Es wird schon noch, dachte der Züchter …
Im Gegenteil!
Sie schliefen des Nachts Seit' an Seite!

Da entfernte man die geliebte Kuh von der Weide.
Da warn ja noch mehr so staatliche, reizvolle Kühe!
Erwachte im Stier nun Begehren?
Im Gegenteil!
All die andern warn für ihn Luft!

Der Marques von Villamayor bedachte den Wert
dieses Stiers, der für die Zucht nicht in Frage kam.
Ob er verlernt hat zu kämpfen?
Im Gegenteil!
Er wurde der Held der Arena!

Mit fünf andern Stieren kam er in die corrida.
Als letzter wurde er vom Torero getötet.
War er stolz, dieser Matador?
Im Gegenteil:
Er bewunderte nur den Stier!

Und er gab seinen Degen langsam dem Degenbewahrer.
Das Herzblut des tapfren Stiers troff rot von der Klinge.
Nun war dies Tier kein Problem mehr.
Im Gegenteil -
vier Pferde schleppten es fort.

„Der Marques von Villamayor musste ihn opfern",
sagte der Degenbewahrer. – „Weil er so stark war?",
fragte ihn der Torero.
„Im Gegenteil!
Nur weil er treu war, zu treu."

Lange blickte der Matador zum Kadaver des Stiers.
„Vielleicht sollten wir alle treu sein …" – Er lachte,
und die Männer schritten davon.